제 8 권

이 윤 옥 시집

도서출판 얼레빗

이 한 권의 책을
이 땅의 모든 남성들에게
바칩니다

서간도에 들꽃 피다

8권을 펴내며

"산모퉁이를 돌아 논가 외딴 우물을 홀로 찾아가선 가만히 들여다 봅니다. 우물 속에는 달이 밝고 구름이 흐르고 하늘이 펼치고 파아란 바람이 불고 가을이 있습니다. (뒷줄임)" – 윤동주 '자화상' 1939. 9 –

시인의 산모퉁이는 어디를 말하는 것일까요? 어쩌면 용정에서 명동촌 집으로 향하는 '선바위' 모퉁이를 말하는 것은 아닌지 모르겠습니다. 몇 해 전 그 '선바위' 산모퉁이를 돌아 윤동주 시인의 생가를 찾았을 때도 가을이었습니다. 그때도 바람이 불었고 하늘은 파랐으며 달이 밝고 구름이 흘러갔던 기억이 새롭습니다.

윤동주 시인이 태어난 생가가 있는 명동촌 마을은 20세기 초 독립운동을 위해 몰려든 조선인들로 중국의 어느 지역 보다 학문과 문화수준이 높았던 곳입니다. 그곳은 윤동주 시인 말고도 상해 대한민국임시정부에서 국무총리를 지낸 이동휘 선생의 두 따님인 여성독립운동가 이의순, 이인순 애국지사의 숨결을 느낄 수 있는 곳입니다만 그 이름을 기억하는 사람은 많지 않습니다.

이번에 펴내는 여성독립운동가를 기리는 시집 《서간도에 들꽃 피다》 〈8권〉에는 북간도에서 활약하다 연해주 블라디보스톡 한인촌에서 스물일곱의 나이로 숨진 이인순 애국지사를 포함하여 강원도 철원 만세운동의 여전사 '곽진근', 만세운동으로 팔 잘리고 눈먼 남도의 유관순 '윤형숙' 등 모두 스무 분의 여성독립운동가들의 삶을 추적하여 기록하였습니다.

"왜적에게 빼앗긴 나라 되찾기 위하여 왼팔과 오른쪽 눈도 잃었노라. 일본은 망하고 해방되었으나 남북·좌우익으로 갈려 인민군의 총에 간다마는 나의 조국 대한민국이여 영원하라"

이는 남도의 유관순이라 불리는 여수 출신 윤형숙 열사의 무덤 빗돌에 새겨진 글귀입니다. 윤형숙 열사 후손의 안내로 여수시 화양면 창무리 마을 입구에 있는 윤 열사 무덤을 찾았을 때 뭉클했던 마음은 지금도 잊을 수가 없습니다.

그런가 하면,

"이놈들아! 내 자식이 무슨 죄가 있느냐! 내 나라 독립만세를 부른 것도 죄가 되느냐! 이놈들아! 나도 죽여라!" 고 무덤 빗돌에 새겨놓은 최정철(崔貞徹, 1853 ~ 1919) 애국지사 무덤 앞에서 눈시울이 뜨거워졌던 일도 떠오릅니다. 최정철 지사는 천안 아우내장터 만세운동의 주역인 김구응 의사(義士)의 어머니로 모자(母子)는 1919년 4월 1일 만세운동 현장에서 왜경의 총칼을 맞고 그 자리에서 순국의 길을 걸어야했습니다만 우리는 그 이름 석 자를 잘 모릅니다.

사회의 조명에서 비껴난 여성독립운동가들은 2017년 12월 31일 현재, 296분이 나라로부터 서훈을 받았습니다만 몇몇 분 외에는 거의 알려져 있지 않았습니다. 아니 알리려는 노력도 거의 없는 실정입니다.

그러한 현실이 안타까워 필자는 이 분들을 소개하고자 《서간도에 들꽃 피다》라는 책을 쓰기로 결심하고 한 권에 스무 분씩의 행적을 찾아 헌시(獻詩)를 쓰고, 독립운동 발자취를 기록해오고 있습니다. 이번에 나오는 책은 그 〈8권〉으로 이로써 모두 160분의 삶을 세상에 알리게 되었습니다.

제주, 부산, 여수, 순천, 광주, 전주, 춘천, 대전, 서울을 비롯한 국내는 물론이고 가까이는 일본을 시작으로 북간도를 포함한 드넓은 중국땅과 하와이 사탕수수밭에서 중노동에 시달리면서도 조국 광복을 위해 헌신한 여성독립운동가들의 행적을 찾아 헤맨 지도 어언 20년 가까운 세월이 흘렀습니다.

그러나 아직도 갈 길은 멉니다. 사회적 관심도 적은 상황에서 이 작업을 지속하기가 힘들지만 언제나 내 곁에서 여성독립운동가들을 소개하는 책《서간도에 들꽃 피다》를 아껴주시고 격려해주시는 여러 선생님들의 응원에 힘입어 이번에 〈8권〉을 내놓게 되어 눈물겹습니다.

언제나 많은 사랑과 관심을 보태주시는 나의 사랑하는 독자 여러분께 다시 한 번 고개 숙여 감사의 말씀을 올리며 이 작업이 〈10권〉의 목표 지점까지 무사히 이어지도록 분발하겠습니다.
고맙습니다.

3·1만세운동 99주년을 맞는 2018년 새해 아침
한뫼골에서 이윤옥 씀

차 례(가나다순)

강원도 철원 만세운동의 여전사

'곽진근'

한탄강 굽이친 물
대대로 철원평야 살찌운 땅

알알이 영글던
겨레의 꿈 조각낸 자들
더는 두고 볼 수 없어

쉰여덟 나이로
피울음 토해내며

기미년 삼월
불꽃처럼 타오른
임의 애국혼

조국은 기억하리
영원히 기억하리

곽진근 (郭鎭根, 1861~1940) 애국지사

강원지역에서 맨 처음 만세운동이 일어난 곳은 철원으로 곽진근 지사는 1919년 3월 10일 낮 3시, 농업학교에 모인 철원청년회, 농업학교, 보통학교 등 250여 명의 학생들 앞에서 만세운동을 이끌었다. 서울로부터 전해온 만세운동 소식은 철원지역 학생들의 젊은 피를 끓게 했다. 이들은 읍내 중심인 서문거리로 뛰쳐나가 조선의 독립을 외치며 헌병 분견소 쪽을 향했다. 곽진근 지사는 58살의 고령의 나이임에도 젊은 학생들 앞에서 만세시위를 주도했다.

성결교회 경성성서학원을 졸업한 곽진근 지사는 3·1만세운동이 일어나기 4년 전인 1915년부터 철원장로교회 전도사로 활동하고 있었다. 당시 철원장로교회는 1905년 웰번(E.A.Welbon) 선교사가 설립했는데 교회 안에 사립 배영학교를 세워 주민들에게 신문화교육, 육영사업, 군사훈련, 민족정신을 키워왔다.

여성들의 교육기회가 흔치 않던 시절에 곽진근 지사는 경성성서학원에 입학하여 정규 교육을 받았다. 1911년 3월 경성 무교정 복음전도관에서 출발한 경성성서학원은 전도사 양성기관이었지만 복음전도와 함께 조선인들이 국가의식에 눈뜰 수 있는 교육기관이기도 했다.

당시 경성성서학원의 수업연한은 3년 과정으로 남녀공학이었으며 입학자격은 25살 이상 30살 이하였으나 곽진근 지사는 51살의 나이로 입학했다. 학교 규칙상으로는 입학 나이가 너무 많았지만 1921년 이전에는 곽진근 지사처럼 입학규정 외의 학생들도 입학이 가능했다. 무엇보다도 고령의 나이에 입학이 가능했던 것은 곽진근 지사의 독실한 신앙심 때문이 아니었나 싶다. 경성성서학원을 나온 곽 지사는 강원도 철원에 내려가 전도사의 삶을 꾸려가고 있었다.

그러나 당시 대다수의 교회가 본래의 목적인 전도사업 외에 조선인 교화에 힘을 쏟자 기독교에 대해 반감을 갖고 있던 일제는 1910년 조선침략 이후 식민지 경영에 큰 장애물로 판단하여 1914년 철원교회와 배영학교를 폐쇄시켜 버렸다. 그러나 이에 굴하지 않고 이 자리에 철원감리교회가 들어섰고 학교 이름도 정의학교로 바꿔 교육을 이어갔다. 정의학교는 철원감리교회 전도회 소속이던 곽진근 지사와 함께 1919년 3·1만세운동 때 적극적으로 참여하여 민족정신을 드높였다.

곽진근 지사는 철원읍 관전리 출신으로 58살 고령의 나이에 만세운동의 주도자가 되어 교회부설 정의학교 여교사인 김경순(金敬順, 1899~?)을 비롯하여 김경순의 개성 호수돈여학교 동창 이각경(李珏卿, 1897~?), 이소희(李昭姬, 1885~?) 등과 함께 시위대의 맨 앞에 섰다.

이때 만세운동에 참여한 사람들은 학생, 일반인, 지역 청년 등을 포함하여 무려 500여명으로 늘어났다. 이들은 철원군청에 모여 독립선언문을 낭독하고 조선이 자주국임을 선언하며 독립만세를 목청껏 불러댔다.

곽진근 지사가 이끄는 시위대는 독립선언문 낭독 뒤에 매국노 이완용과 친밀한 친일파 박의병(朴義秉)을 처단하기 위해 읍내 월하리 집으로 몰려가서 "이완용이 이 집에 숨어 있는 것이 틀림없으니 내 놓으라." 고 소리치며 시위를 이어갔다.

헌병대의 해산 명령에도 곽진근 지사를 비롯한 5~6명의 여성들은 새벽 2시까지 줄기차게 매국노 박의병을 위협했다. 이들의 시위를 뒷받침하던 시위대는 다음날 아침에는 700여명으로 늘어났다. 곽진근 지사는 군중의 선두에 서서 경원선이 지나는 철원역에서 태극기를 흔들며 독립만세를 외쳤다. 이어 농업학교, 보통학교 학생들이 합세하여 다시 읍내 서문거리에 이르렀을 때 헌병대가 총을 쏘며 무력 진압하는 과정에서 곽진근 지사는 붙잡혀 감옥으로 끌려갔다.

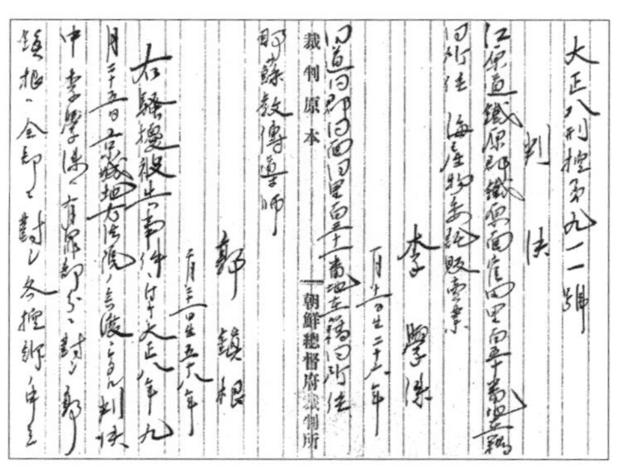
大正八年刑控第九二一號

判決

裁判原本

朝鮮總督府裁判所

▲ 곽진근 지사 판결문 (경성복심법원. 1919. 11. 10.)

곽진근 지사를 비롯한 만세시위 상황은 〈독립신문〉 1919년 10월 14일치 '철원 독립군의 판결' 이라는 제목으로 실려 있다.

鐵原獨立軍의 判決

去四月二十五日 江原道鐵原郡에 數百名의 獨立軍이 同郡守와 계示成運動에 參加하라하고 大韓國旗를 家家에 揭揚하고 獨立萬歲를 高唱한 李學洙氏外七名은 九月廿五日에 左와 如히 宣渡되다

李培根氏 懲役六個月 趙徹行氏 二個月 李學洙氏 六個月 宋義宜氏 十個月 李圭貞氏 四個月 李昭姬女史 三個月 尹尙楨氏 六個月 李珏卿女史 四個月

月 金敬順女史 四個月 郭鎭根女士 六個月 金氏 三個月 洪仁植 金二씨 元朴昌根氏 六個月 殷栽享氏 六個月 朴斯淵 四個月 李容喆 李仲根 崔笑陽 ...

▲ '철원 독립군의 판결' 기사 (독립신문. 1919. 10. 14.)

위 기사는 강원도에서 유일하게 여성이 만세 시위로 잡혀 재판을 받은 내용이 실린 것으로 경성지방법원에서는 철원지역 3·1 만세운동과 관련하여 곽진근 지사를 포함한 김경순, 이각경, 이소희에게 각각 실형을 언도했다. 곽진근 지사는 징역 6개월, 김경순과 이각경은 징역 4개월과 벌금 20원, 이소희는 징역 3개월과 벌금 20원을 언도받았다. 뿐만 아니라 일제의 탄압으로 철원교회 정의학교와 노동야학은 폐교되고 말았다.

곽진근 지사는 옥고를 치른 뒤 더 이상 철원에 머물지 못하고 떠나 경기도 안성, 아현, 평양, 신공덕, 만리현교회 등에서 전도사로 일하다가 1940년 8월, 80살의 나이로 조국 광복을 보지 못하고 생을 마감했다.

정부에서는 1995년 대통령 표창으로 곽진근 지사를 독립유공자로 인정했으나 지난 20여 년 동안 '훈장 미전수자 명단' 에 남성으로 오인돼 후손을 찾지 못하고 있다. 또한 곽진근 지사와 함께 철원의 만세운동에 참여한 김경순(2016, 대통령표창), 이소희(2016, 대통령표창) 지사도 2016년 3월 1일에 정부로부터 서훈을 추서 받았다.

특히 국가기록원에서는 3·1만세운동 97주년(2016)을 맞이하여 일제강점기 여성독립운동가들에 대한「판결문」과 서대문형무소에 수감되었던 여성독립운동가들의「수형기록카드」를 정리하여《여성독립운동사 자료총서(3·1운동편)》를 펴냈다. 이「판결문」에 있는 여성 54명 가운데 최고령 참여자는 곽진근 지사였는데 3·1만세운동 당시 58살의 나이로 철원 만세운동의 여전사로 앞장섰다.

더보기 강원지역 여성독립운동가들

강원지역 여성독립운동가를 꼽으라면 철원의 곽진근, 김경순, 이소희, 조숙경 양양의 조화벽, 춘천의 윤희순 의병장 등을 꼽을 수 있다.

1) 양양 출신 조화벽 애국지사 (1990, 건국훈장 애족장)

조화벽(1895. 10. 17. ~ 1975. 9. 3.)지사는 강원도 양양이 고향으로 양양지역 3·1만세운동의 중심인물이다. 조화벽 지사는 양양군 양양면 왕도리에서 아버지 조영순과 어머니 전미흠 사이에 무남독녀로 태어나 15살 되던 해인 1910년 원산에 있는 성경학원에 유학을 떠나 신학문을 배우게 된다.

때마침 서울의 3·1만세운동 물결이 개성으로 밀어 닥쳤다. 호수돈여학교 학생들의 만세시위에 이어 남감리교회에서 설립한 미리흠여학교, 송도고등보통학교 등이 3·1만세운동에 참여하여 시위가 빠르게 번져나가자 각 학교들은 3월 5일에 휴교령을 내렸다.

기숙사 생활을 하던 조화벽 지사는 이때 고향인 양양으로 친구 김정숙과 함께 귀향하였고 양양의 만세운동을 이끌게 된다. 그 뒤 학교로 돌아가 1919년 개성 호수돈여학교 고등과를 마치고 그해 가을 공주 영명여학교 교사로 부임했는데 이것이 유관순 집안과의 인연으로 이어지는 계기였다. 영명학교로 부임하자 당시 만세운동으로 유관순 부모가 현장에서 순국하고 유관순 역시 잡혀가 있었으며 유관순의 오라버니인 유우석도 감옥에 있는 상황이라 천애 고아가 된 유관순의 어린 두 동생을 돌볼 사람이 없었다. 이에 조화벽 지사는 이들을 친동생처럼 돌보았고 그 뒤 1923년 유관순의 오라버니인 유우석 애국지사와 결혼하였다.

3·1만세운동 이후 조화벽 지사는 서울 배화여학교, 개성 호수돈여학교, 원산 루씨여학교 등에서 교사로 근무하면서 봉급의 일부를 상해 임시정부에 독립자금으로 보냈다. 또한 여성과 노동자 권익옹호 사회운동과 육영사업을 지속했다.

1932년 고향 양양으로 돌아온 조화벽 지사는 아버지와 함께 정명학원(貞明學園)을 설립하고 교육에 뛰어들었다. 정명학원은 가난과 여러 사정으로 정규학교에 다니지 못한 적령기의 아이들을 교육했던 비정규학교로 피폐한 농촌의 학생을 모아 문맹을 떨치고 민족교육을 실천했던 곳이다. 1932년 1월부터 1944년 폐교 당할 때까지 600여명의 졸업생을 냈다.

*조화벽 지사에 관한 이야기는 졸저 《서간도에 들꽃 피다》 〈4권〉에서 자세히 다룸.

2) 춘천 출신 윤희순 의병장(1990, 건국훈장 애족장)

윤희순(1860. 6. 25 ~ 1935. 8. 1.)의병장은 춘천에서 최초의 여성의병장으로 활동한 분이다. 윤희순 지사는 시아버지인 유홍석 의병장이 1895년 의병을 일으켰을 때 며느리로서 '안사람 의병가', '의병군가', '병정가' 등을 집적 지어 부녀자들이 부르게 하는 등 여성들의 항일독립정신을 키워나갔다.

또한 친일파와 일본군에게 서신을 보내어 그들의 죄상을 꾸짖었으며 1907~1908년 의병운동 때에는 강원도 춘성군 가정리 여우천 골짜기에서 여자의병 30여명을 모아 군자금을 모금하는 등 의병활동을 적극 지원하였다. 1911년 4월에 만주로 망명하여 시아버지 유홍석, 남편 유제원과 함께 독립운동을 하다가 1935년에 봉천성 해성현 묘관둔에서 조국의 광복을 보지 못하고 숨졌다.

*윤희순 의병장에 관한 이야기는 졸저 《서간도에 들꽃 피다》 〈1권〉에서 자세히 다룸.

3) 철원 출신 김경순, 이소희, 조숙경 애국지사

김경순 지사는 강원도 철원 (신서 내산 67번지) 출신인데 기미년 만세운동 당시 19살의 나이로 철원의 독립만세운동에 참여하였다. 그 일로 왜경에 잡혀가 징역 4월에 벌금 20원을 언도 받고 감옥살이를 했다.

이소희 지사 역시 1919년 3월 10일과 11일 철원군청과 철원역에서 벌어진 대규모 만세시위 집회에 참여하여 수백 명의 군중과 함께 태극기를 흔들고 독립만세를 외치다 왜경에 잡혀 징역 3월과 벌금 20원을 언도 받았다. 이소희 지사는 만세운동 당시 33살이었다.

그런가하면 철원읍 중리 출신인 조숙경 지사는 일찍이 개성 호수돈여학교 비밀결사대원으로 활약하였다. 조숙경 지사는 1923년 8월 18일 설립한 〈조선여자기독교청년연합회〉에서 개성 대표로 활약하였다.

아버지 조종대(趙鍾大, 1873 ~ 1922, 1963년 독립장)는 3·1 만세운동 때 강원도 대표로 활동했으며 대한민국임시정부를 지원하는 철원애국단 사건으로 1919년 12월 검거돼 5년형을 선고받고 함흥감옥에 수감됐다가 안타깝게도 1922년 7월 25일 감옥에서 순국하였다.

조숙경 지사는 철원교회 부설 정의학교를 나와 개성 호수돈여학교 보통과와 고등과를 졸업하고 1918년 7월부터 1919년 7월까지 호수돈여고보 보습과에서 교사로 활약하던 중 3·1만세운동에 뛰어들었다. 3·1만세운동 이후에도 호수돈여학교 교사로 있으면서 여성 의식을 일깨우는 강연을 지속하는 등 사회활동을 했으나 아버지의 순국으로 감시를 받게 되자 남감리교회 추천으로 일본 히로시마여학교 영문과로 유학의 길을 떠났다.

趙淑卿孃日本留學

開城私立好壽敦女子普通學校에서女子敎育에熱心從事하든趙淑卿孃은今般英文學을硏究하기爲하야四月七日午前列車로日本廣島로出發하얏는데開城驛에는多數의見送이有하얏더라(開城)

▲ 철원 출신 조숙경 지사의
일본유학 사실이 실린 동아일보 기사(1922. 4. 15.)

조숙경 지사가 당시 개성에서 맹활약했다는 것은 각종 기사에 잘 나타나있다. 동아일보 1920년 6월 1치에는 '개성의 여자 강연 호수돈여자고보 주최의 〈외국여자와 비교〉' 라는 조숙경 지사 강연 기사가 실려 있다. 또한 1922년 4월 15일에는 '조숙경양 일본유학' 이라는 제목으로 '개성사립 호수돈여자보통학교에서 여자 교육에 열심히 종사하던 조숙경양은 이번에 영문학 연구를 위해 4월 7일 오전, 열차로 일본 히로시마로 출발하였는데 개성역에는 많은 사람들이 환송 나왔다.' 는 기사가 실려 있는 것으로 보아 당시 개성 지역의 주목 받는 인물이었음을 알 수 있다.

더욱 안타까운 것은 강원도 출신으로 정부로부터 독립운동의 공훈을 인정받아 건국훈장 등 서훈을 받은 남성 독립운동유공자는 현재 600여명인데 이 가운데 여성 서훈자는 곽진근, 조화벽, 윤희순, 김경순, 이소희 지사 등 극소수에 불과하다. 이는 여성들이 독립운동에 관여하지 않은 것이 아니라 적극적으로 여성들의 독립운동 사실을 발굴하지 않은 원인에 있다고 본다.

▲ 박성녀 지사(1930. 12. 8.)

그러한 증거로 양양 출신 박성녀(양양군 도천면 내향동 127), 주보배(양양읍 지석리), 김경화(양양군 강현면 광석리 83), 춘천 출신 지사원·지은원 자매(춘천군 신남면 송암리 222), 윤경옥(춘천군 신북면 천전리), 양구 출신 한수자(양구군 양구면 중리 5), 김화 출신 박경자(김화군 금성면 방충리), 통천 출신 이남규(통천군 학이면 화통리 3통 5호), 삼척 출신 정정옥 등도 보안법 위반으로 경성지방법원에서 실형이 언도됐으나 서훈 대상자에서 비껴나 있다.

또한 서대문형무소 기록에 따르면 전선녀, 계화성(철원군 철원읍 부전리 100 번지), 김성녀, 박진홍 등도 강원 출신이다. 한편, 전선녀(김화군 근동면)는 서울 마장동(마장동 68-30)에 살면서 항일활동을 펼치다가 1938년 5월 9일 서대문형무소에 수감돼 23개월이라는 장기간 미결수로 갇혀있다가 1940년 4월 5일 경성지방법원에서 보안법 위반으로 징역 6월이 언도되었다.

한편 박진홍은 동덕여고보의 독서회 관련 등으로 구속되어 징역 1년 6월을 언도 받고 복역하는 등 조국 독립을 위해 헌신했지만 아직 공훈을 인정받지 못해 서훈자가 되지 못하고 있다. 이와 관련된 전반적인 강원지역 여성독립운동가들에 대한 조명이 시급한 실정이다.

미국 동포의 한줄기 빛

'공백순'

알로하 땅에서
나고 자란 임

어머니 손잡고
찾은 조국은

젖과 꿀이 흐르던
유구한 역사의 땅

저들이 짓밟은 겨레 얼
가슴에 새기라고
절규하던 어머니 유언

잊지 않았으리
이역 땅서
숨 거둘 때까지

공백순 (孔佰順, 1919. 2. 4. ~ 1998.10.27.) 애국지사

▲ 공백순 지사

공백순 지사는 하와이에서 태어난 초기 이민 2세로 아버지 공치순과 어머니 안숙진 사이의 맏딸로 태어났다. 황해도 출신인 아버지는 하와이로 건너가 양복점을 경영하면서 이승만 박사의 독립운동을 재정적으로 후원하였다. 공백순 지사는 하와이 맥킨리고등학교와 하와이대학, LA시립대학을 졸업했다.

어려서부터 웅변과 문학에 소질이 많았으며 웅변대회에서는 항상 1등을 독차지하였다. 그런가하면 한국의 시조를 영어로 번역하여 미국인에게 알릴 정도로 한국의 역사와 문학에도 깊은 소양을 갖고 있었는데 이는 어머니의 투철한 민족정신 교육 덕이다.

▲ 어머니 안숙진 여사는 교육을 위해 공백순과 아들 존을 데리고 1935년 고국 나들이를 했다. 사진은 해금강에서 단란한 한때 (1935)

공백순 지사는 16살 때인 1935년, 어머니와 남동생과 함께 고국 나들이를 했다. 하와이에서 태어났지만 어머니는 조국의 현실을 딸에게 직접 보여주고 싶었던 것이다. 식민지 조국의 가난과 일제의 억압을 눈으로 확인한 공백순 지사의 고국 나들이는 훗날 그가 독립운동의 길로 들어서는 데 중요한 역할을 했다.

23살이던 1942년 2월, 미국 워싱턴에서 열린 한인자유대회에 참석한 공백순 지사는 미국과 한국이 연합하여 태평양전쟁에 참여함으로써 한국의 독립을 쟁취해야한다는 연설을 했다. 그해 12월에는 일본의 위상에 관한 문제 등을 포함한 아시아의 재건문제를 협의하기 위해 캐나다 퀘벡에서 열린 태평양회의에 한국대표로 참석하여 한국의 독립보장을 주장하였다. 뿐만 아니라 1942년부터 2년 동안 「신한민보(新韓民報)」와 「국민보(國民報)」 영어판에 한국독립에 관한 글을 발표하였고, 1943년에는 「독립」 신문의 발기인으로 참가하였다.

본국슈재구제금

◆중가주 디방
박여하 송치회 류도보 한식근
김만셩 각五원
고병관 김두효 윤 혁 각三원
장석일 송퇴윤 박호근 박금순
각二원五十전
윤진오 안피득 허 학 홍승조
리 풀 고원익 남 범 리규렬
김성운 김창규 전성덕 각二원
정국헌 김회주 김윤현 리칠리
리규셩 신종호 정인규 강상룡
리화실 비희선 홍디위 김춘선
배용비 최찬영 정창녹 경니인
김지건 김준화 김재완 림달순
리동운 최번디 송헌수 공치순
리지선 각一원
이상 합개……九十三원
(중가주 디방의 략차합개……二백三十七원)
◆신달원 五원
◆무게 ……三백九十五원七十전
(그중에서 三백五十원은 금일 부송)
◆정오◆본보 전호 본국 수재 구재금 란내
중가주 디바의 중국인 리호미바의 五원
은 二원으로 정오하며 좌긔 량씨난 루락되
엿기 이에 추가함
김종환 안용번 각二원

▲ 아버지 공치순의 본국 수재 의연금 기사 (신한민보. 1936. 10. 29.)

공백순 지사는 뛰어난 영어실력과 문장력 그리고 호소력 있는 웅변으로 미국의 주류사회에서 독립운동에 뛰어든 보기 드문 실력파였다. 1941년 워싱턴에서 배의한과 결혼한 이래 광복 뒤에는 남편과 함께 귀국하였다. 남편은 한국은행 총재와 주일, 주영대사를 지냈으며 아들 배기용 박사는 하와이대학 교수를 지냈다.

정부에서는 공백순 지사의 공훈을 기리어 1998년에 건국포장을 수여하였다.

더보기 하와이 출신 여성독립운동가 황마리아, 전수산, 박신애, 강혜원, 심영신

공백순 지사는 하와이에서 태어나 고등학교 까지 마치고 미 본토로 진출하여 독립운동에 참여하였다. 그러나 하와이로 건너가 하와이에서 숨진 여성독립운동가들도 있다. 필자는 2017년 4월 13일부터 21일까지 하와이로 건너가 여성독립운동가들의 발자취를 취재했다. 2017년 8월 현재 하와이 지역 여성독립운동가 서훈자는 황마리아 지사를 포함하여 모두 5명이다.

한국 최초의 이민선 갤릭호가 하와이 호놀룰루항에 도착한 것은 1903년 1월 13일로 이 배에는 101명의 한국인이 타고 있었다. 이후 일본이 이민 중단을 발표한 1905년까지 총 7,226명의 한국인들이 하와이 사탕수수밭 노동을 위해 건너갔다. 첫 이민선이 뜬지 2년 뒤인 1905년 4월, 여성독립운동가 황마리아(1865~ 1937) 지사도 고국 평양을 떠나 아들과 딸을 데리고 도릭선편으로 하와이 노동이민의 첫발을 내딛었다.

하와이로 건너가 열악한 환경 속에서 중노동에 시달리면서도 조국 독립을 위해 상해 임시정부에 독립자금을 보내는 등 독립운동을 한 공로를 인정받아 국가로부터 서훈을 받은 여성독립운동가는 황마리아(1865~1937, 2017년 건국훈장 애족장), 전수산(1894~1969, 2002년 건국포장), 박신애(1889~1979, 1997년 건국훈장 애족장), 강혜원(1886~1982, 황마리아 지사 딸로 후에 미 본토로 진출, 1995년 건국훈장 애국장), 심영신(1882~1975, 1997년 건국훈장 애국장) 등이다.

*하와이 출신 여성독립운동가인 박신애, 심영신, 전수산, 황마리아, 강혜원 애국지사에 관한 이야기는 졸저 《서간도에 들꽃 피다》 〈7권〉에서 자세히 다룸.

꽃다운 열여섯 무등산 소녀회

'김귀선'

꽃구름 피어난
무등산 언덕에서
고운 꿈 키워 가던
열여섯 소녀

겨레에 드리운
슬픈 그림자
떨치고 일어서

얼어붙은
동토에 희망의
나래 펼치다가

철창 속에 갇혀
만신창이 되었어도

굽히지 않았다네
독립의 그 투혼을!

김귀선 (金貴先, 1913.12.19. ~ 2005.1.26.) 애국지사

▲ 김귀선 지사

"어머니는 16살 때 광주공립여자고등보통학교(현 전남여고)에 입학한 이듬해 소녀회를 결성하여 독립운동에 뛰어든 일을 평생 자랑스럽게 생각하셨습니다. 그리고 언제나 정직한 사람이 되라고 말씀하셨지요."

2017년 11월 16일(금) 오후 김귀선 지사의 큰아드님이 사는 전남 순천의 한 아파트를 찾았을 때 김윤수(77살) 씨가 한 말이다. 그는 이어서 "어머니는 92살로 돌아가시기 전 2달 정도 치매를 앓으셨는데 그때 날마다 독립만세를 부르셨지요. 그러면서 일본 순사가 잡으러 온다고 하시면서 마루 밑으로 들어가시곤 했습니다." 라는 말을 하며 울컥 눈물을 흘렸다. 순간 나도 가슴이 뭉클했다.

얼마나 가슴 속의 응어리가 컸으면 치매 상태에서 독립만세를 외쳤을까? 얼마나 일제 순사가 무서웠으면 마루 밑으로 숨는 행동을 했을까? 시대의 아픔을 겪지 않은 나로서는 상상하기 어려운 일이지만 왠지 가슴이 울컥하는 느낌이 들었다.

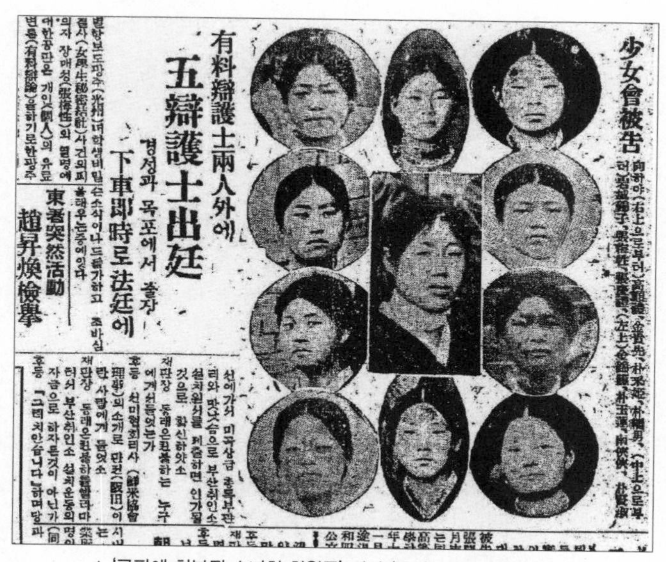

少女會被告

有料辯護士兩人外에 五辯護士出廷

경성과 목포에서 출장 下車即時로 法廷에

東署突然活動 趙昇煥檢擧

▲ '공판에 회부된 소녀회 회원들' 기사 (동아일보 1930. 9. 30.)

큰아드님 김윤수 씨는 김귀선 지사의 판결문과 공판에 회부된 소녀회 조직원 11명의 사진이 실린 동아일보 기사(1930. 9. 30.), 전남여자고등학교의 명예졸업장(1972. 5. 25.), 건국포장증서(1993. 4. 13.) 등과 함께 푸른 옥색 한복을 곱게 차려입은 어머님의 사진 한 장을 내 앞에 내어 놓았다.

흰 머리에 눈이 쑥 들어간 모습의 김귀선 지사는 89살 때 되던 해인 1993년에 독립운동을 인정받아 국가로부터 건국포장을 받았는데 그때 옥색 한복 차림에 붉은 색 훈장을 단 모습의 사진을 찍은 것이었다. 생의 마지막 기로에서 받은 훈장이나마 그의 파란만장한 삶을 위로했을 듯싶어 나는 김귀선 지사의 옥색 한복 차림의 사진에서 오래도록 눈을 떼지 못했다.

하지만 나라에서 좀 더 일찍 독립운동의 공훈을 인정해주었더라면 하는 아쉬움이 들었다. 독립운동하다 잡혀 감옥살이 끝에 병든 육신을 이끌고 고단한 삶을 이어온 기나긴 세월을 뒤늦은 서훈이 보상해줄 수 없을 것이란 생각에서다.

전남 벌교 출신인 김귀선 지사의 아버지 김용국은 일제강점기 일본 메이지대학에 유학한 실력파로 귀국하여 법관이 되는 길을 마다하고 상업의 길로 들어섰다. 당시 법관으로 진출한다는 것은 제 겨레를 심판해야하는 일이라는 것을 잘 알기에 법관보다는 상업으로 큰돈을 벌어 독립운동 자금을 대고자 하는 뜻이 있었다.

인텔리 집안의 김용국과 강보성의 귀한 첫딸이라는 뜻으로 딸의 이름을 귀선(貴先)으로 지은 아버지는 "여자도 배워야 한다"며 딸을 광주로 유학시켰다. 태어난 동네에서 적당히 바느질이나 익혀 시집을 보내던 시절에 광주 유학의 길은 파격적인 선택이었으며 그러한 아버지의 뜻을 이어받아 김귀선 지사는 '판사' 를 꿈꾸는 소녀로 성장했다.

하지만 유학지인 광주여고보(현 전남여고)의 생활은 아버지와의 약속대로 판사의 길을 걷기에는 나라를 빼앗긴 조국의 현실이 너무나 동떨어진 상황이었다. 김귀선 지사는 광주여고보 재학 중이던 1929년 5월 비밀결사 소녀회(少女會)에 가입하여 독립운동에 적극 가담하게 된다.

소녀회는 1928년 11월, 당시 광주지역 학생 비밀결사운동의 지도자적 위치에 있던 장재성의 누이동생인 장매성이 이끌던 민족독립과 여성해방을 취지로 조직된 비밀결사대였다.

이들은 1929년 11월 3일, 조선인 여학생을 희롱한 일본인 남학생을 처벌하지 않는 당국에 항의하여 광주에서 대대적인 학생 항일운동이 일어나자 이에 적극 가담하였으며, 시위항쟁의 주동 학생들이 구속되자 이에 항의하여 시험을 거부하는 백지동맹(白紙同盟)을 단행하였다.

이 일로 1930년 1월 15일 김귀선 지사는 동급생 11명과 함께 왜경에 잡혀 같은 해 10월 6일 광주지방법원에서 이른바 치안유지법 위반으로 징역 1년에 집행유예 5년을 선고 받고 옥고를 치러야했다. 고이 기른 딸을 광주까지 유학시킨 아버지와 어머니는 딸을 포함해 줄줄이 포승줄에 묶여 법정으로 들어서는 어린 여학생들을 그저 바라다보아야만 했으니 그 심정이란 이루 말할 수 없는 고통이었을 것이다.

백지동맹으로 김귀선 지사는 학교로부터 퇴학 처분을 받았으며 감옥에서 받은 고문으로 만신창이가 된 몸을 추스르기 위해 고향으로 돌아가야 했다. 당시 고문의 강도는 죽음에 이를 정도로 가혹했다. 그 예로 이선경(1902. 5. 25. ~ 1921. 4. 21.) 애국지사의 경우는 경성여자고등보통학교 3학년 재학 중 비밀결사조직인 구국민단(救國民團)에 참여하다 잡혀가 고문 끝에 19살의 나이로 숨지는 등 일제의 고문은 악명 높은 것이었다.

판사가 되리라던 꿈 많은 소녀는 퇴학 처분으로 학업의 길을 안타깝게도 중단해야했다. 하지만 식민지하에서 교육의 중요성을 깨닫고 1936년부터 1945년까지 9년 동안 순천시 매곡동에서 야간학교를 세워 민족의 얼 교육과 문맹퇴치에 앞장서게 된다. 김귀선 지사가 다니던 광주여고보는 훗날 전남의 명문 전남여자고등학교로 승격하게 되는데 1972년 5월 25일, 이 학교에서는 김귀선 지사에게 감격의 명예졸업장을 수여하였다. 김귀선 지사 나이 59살 때 일이다.

제 41 호

명예졸업장

본적 전라남도

김 귀 선

1913년 12월 19일생

위는 1929년 제2학년 재학중 광주 학생독립운동에 민족 정기를 선양 하였기 제 2 회 졸업생으로 추인하여 본장을 수여함

1972년 5월 25일

전남여자고등학교장 이 대 로

▲ 59살 되던 해(1972)에 받은 전남여고 명예 졸업장

김귀선 지사는 2남 3녀를 두었으나 33살에 청상과부가 되어 보따리장사 등 갖은 고생 끝에 자녀들을 훌륭히 키워냈다. 그러한 어려움 속에서도 자녀들은 반듯하게 자라 큰아들인 김윤수(77살) 씨는 순천시의회 의원과 의장을 지내기도 했다.

2017년 11월 16일(금) 오후, 대담을 위해 만난 큰 아드님 김윤수 씨는 얼굴에 수심이 가득한 모습이었다. 본인의 건강도 좋지 않은데다가 김귀선 어머니를 평생 모신 아내가 췌장암으로 서울

병원에서 죽음을 앞두고 있다고 했다. 서울에서 전화가 걸려오면 곧바로 상경하려고 가방까지 싸놓은 상태라 전화기에 촉각을 곤두세우고 있는 경황인데도 어머니의 이야기를 듣고자 집으로 찾아뵙겠다는 나의 방문을 기꺼이 허락해주었다.

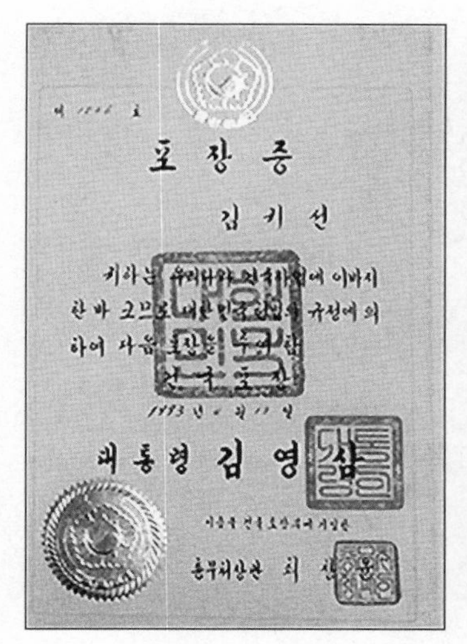

포 장 증

1993년 월 11일

대통령 김 영 삼

국가유공자증서

김귀선
13. 12. 19생

우리 대한민국의 오늘은 국가유공자의
공헌과 희생위에 이룩된 것이므로 이를
애국정신의 귀감으로서 항구적으로 기리기
위하여 이 증서를 드립니다

2001년 7월 21일

대통령 김 대 중

국가보훈처장 이 재 달

▲ 김귀선 지사의 건국포장(왼쪽), 국가유공자증서

어스름 저녁, 어머니의 독립운동 이야기를 듣고 일어서려는데 굳이 몸도 불편한 분께서 30여분 거리에 있는 순천버스터미널까지 손수 운전을 해서 데려다 주는 모습에 코끝이 찡했다. 순천터미널로 가는 승용차 안에서 그는 말했다.

"저는 어머니가 독립운동에 뛰어든 사실이 무엇보다 자랑스럽습니다. 집안이 가난하여 비록 제가 초등학교밖에 다닐 수 없었지만 언제나 정직하게 살라는 말씀을 새기며 살아왔습니다. 일제강점기의 열악한 상황에서도 민족정신을 실천하신 어머님은 제 삶의 원동력이었습니다."

▲ 김귀선 지사 아드님 김윤수 씨와 대담하는 필자

독립운동가의 후손으로 비록 가진 것은 없고, 많이 배우지는 못했어도, 거짓과 위선으로 가득한 사회를 고발하고 오로지 정의와 정직을 삶의 지표로 살아온 그의 삶은 순천시 의회의장을 역임한 사실이 여실히 증명해주고 있었다.

오래된 차를 손수 운전하여 순천버스터미널까지 데려다 주며 흔드는 그의 손 너머에는 푸른 옥색 치마저고리를 곱게 차려입은 그의 어머니, 김귀선 애국지사도 함께 환한 얼굴로 나를 향해 미소 짓고 있었다.

〈이 글은 2017년 11월 17일 '신한국문화신문' 에 실린 글임〉

더보기 비밀결사조직 '소녀회'

'소녀회' 는 1928년 11월, 광주에서 조직한 여성항일운동단체로 광주여자고등보통학교 학생 장매성이 주동이 되어 박옥련, 박계남, 장경례, 남협협, 고순례, 김귀선 지사 등이 중심으로 활약하였다.

이들은 1928년 11월 초 광주사범학교 뒷산에서 독서회 성격의 '소녀회' 를 조직하였다. 당시는 광주의 학생비밀결사인 성진회가 학교 단위의 조직 확산을 위해 해산되고, 근우회 등 여성운동조직의 설립과 활동이 활발해지던 때였다. '소녀회' 회원들은 여성해방, 조국해방, 경제적 해방을 기본 이념으로 삼아 활동하였다. 소녀회 회원들은 매달 1회씩 토론연구회를 가졌으며, 매달 10전의 회비로 책을 사서 연구하기도 했다. 특히 학교 단위 비밀결사조직이었던 남학생 독서회와 긴밀한 관계를 갖고 공동전선을 구축했다.

1929년 11월 3일 광주학생운동 때는 한 손에 약과 붕대를, 한 손에는 주전자를 들고 시위에 참여했으나 1930년 1월 15일 대대적인 일제의 항일단체 체포 때에 그만 불행하게도 소녀회 주동자들이 대거 잡혀 들어갔다.

이때 장매성은 징역 2년을 받았고, 김귀선 지사 역시 주동자로 체포되어 징역 1년에 집행유예 5년을 언도 받았다.

김귀선 지사는 정부로부터 독립운동의 공훈을 인정받아 1993년 건국포장을 수여 받았다.

전주 남문시장에 타오르던 불꽃

'김나현'

온 나라 달군
만세 물결 타고
기전의 딸들 일어섰다

조선인의 자유를
조선인에게

조선인의 평화를
조선인에게
돌려주라고

분노의 화염으로
얼어붙은 강 녹여

광복의 물줄기를 댄
기전의 딸들을

조국이여
영원히 기억하라

김나현 (金羅賢, 1902. 3. 23. ~ 1989. 5. 11.) 애국지사

호남 여성독립운동의 산실인 기전여학교에 다니던 김나현 지사는 17살의 나이로 3·1 만세운동에 참가했다. 기전여학교는 구한말인 1900년 4월 24일 미국 남장로교 출신의 최마태(mattie tate) 선교사가 소녀 6명으로 시작한 학교로 처음에는 전주 은송리(현 완산초등학교)의 작은 초가집에서 시작하였다.

1902년 개교할 당시에는 남존여비 관습이 강하던 시절이라 학생 모으기가 쉽지 않았다. 기전여학교보다 1년 먼저 개교한 남자학교인 신흥(新興)학교에는 학생들이 날로 늘어 갔으나 여학교인 기전은 달랐다. 그래도 선교사들은 학생 숫자보다는 질적인 교육을 위해 힘썼는데 특히 '한국에 필요한 여성, 교회 전도에 필요한 여성' 에 초점을 두고 교육에 전념했다.

이러한 교육 이념 아래서 학생들은 민족적 위기에 직면하여 빼앗긴 조국의 역사적 현실을 직시하고 강한 저항정신을 갖게 된다. 전주지역 만세시위 계획은 서울에서 내려온 인종익(印宗益)이 1919년 3월 1일 전북 전주 천도교 교구실에서 독립선언서를 전하면서부터 추진되었는데 주동자들은 3월 13일 전주장날을 기하여 거사하기로 결정하였다.

김나현 지사는 김순실 등 기전여학교 학생들과 함께 만세시위에 참가하였는데 이날 정오 무렵 남문에서 울리는 종소리를 신호로 일제히 행동을 시작하였다. 천도교, 기독교 신자들과 신흥학교, 기전여학교 학생이 주축이 된 시위대열은 남문시장에서부터 태극기를 흔들고 독립만세를 부르며 시가행진을 시작하였다.

학생들은 시민들에게 태극기와 독립선언서를 나눠 주면서 제2보통학교를 거쳐 대화정(大和町, 현재 영화동)을 지나 우체국 앞에 이르렀다. 이때 일본 헌병과 경찰이 출동하여 총검을 휘두르며 시위대를 해산시키려고 광분하였다. 신변에 위협을 느낀 시민들은 잠시 해산하였다가 낮 3시 무렵 다시 남문 부근에 모이기 시작하였다.

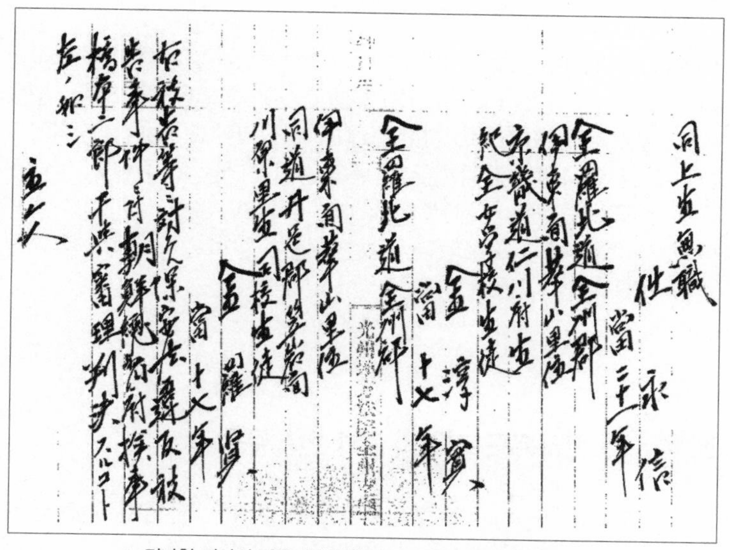
同上生無職
任永信 當二十一年
全羅北道全州郡
伊東面華山里住
京畿道仁川府生
紀全女學校生徒
金淳實 當十九年
全羅北道全州郡
伊東面華山里住
同道井邑郡笠岩面
川原里生 同校生徒
金羅賢 當十九年
右被告等ニ對スル保安法違反被告
事件ニ付朝鮮總督府檢事
橋本二郎干與審理判決スルコト
左ノ如シ
主文

▲ 김나현 지사의 광주지방법원 전주지청 판결문 (1919. 6. 30.)

남문을 출발할 때 1백여 명 정도였던 시위 군중은 우체국에 이르렀을 때는 5백여 명으로 불어나 있었다. 이때 다시 일본 헌병과 소방대가 출동하여 총검을 휘두르고 심지어 소방용 갈고리까지 휘둘러대었다. 그러나 김나현 지사를 비롯한 시위대는 이러한 위협에도 아랑곳하지 않고 이튿날 새벽까지 만세시위를 계속하였다.

하지만 대대적으로 시위자들을 검거하는 왜경에 결국 잡힌 김나현 지사는 1919년 6월 30일 광주지방법원 전주지청에서 이른바 보안법 위반으로 징역 6월 집행유예 3년을 받았다. '기전학생 3·1운동 공판 판결문' 에 따르면 여학생들의 죄목은 "1919년 3월 13일 낮 1시 무렵 수백 명의 군중과 더불어 남문시장 부근에서 태극기를 흔들며 대한독립만세를 불러 치안을 방해하였다"는 것이었다.

이날 징역형에 처해진 기전여학교 학생들은 김나현(17살) 지사를 비롯하여 최기물(20살), 최애경(18살), 최요한나(17살), 김공순(18살), 최금수(21살), 함염춘(21살), 정복수(17살), 송순태(18살), 김신희(21살), 강정순(21살), 임영신(21살), 김순실(17살) 등 모두 13명으로 3·1만세운동 역사상 이렇게 대규모로 여학생이 판결을 받은 예도 드물었다. 정부에서는 김나현 지사의 공훈을 기려 2005년에 대통령표창을 추서하였다.

더보기 전라북도 지역의 3·1 만세운동

전라북도에서는 초기·중기·후기에 걸쳐 산발적인 만세시위운동이 일어났다. 군산·옥구·이리(현 익산)·전주 등지에 3월 3일과 4일에 〈독립선언서〉가 배포되었다. 군산에서는 영명학교 학생들이 중심이 되어 3월 5일 수백 명의 시위운동이 있었으며, 이리에서는 3월 3일에 선언서가 배포되고, 4월 4일에는 기독교인이 중심이 된 700명이 시위를 벌였는데 왜경은 시위 도중에 총을 쏴 3명이 즉사하고 2명이 부상당하였으며 39명이 붙잡혔다.

전주에서는 3월 4일 선언서가 배포되고, 13일 천도교·기독교인 150여 명이 시위를 벌인 데 이어 14일 기전여학교 학생들이 중심이 되어 600명이 시위를 벌여 90명이 붙잡혀 갔다. 김제에서는 4월 4일 600명이 보통학교 학생을 중심으로 시위를 벌였는데 만경보통학교 교사 임창무가 이를 주도하였다. 금산에서는 3월 23일부터 31일에 이르기까지 수십 명에서 200명까지 만세시위가 읍내와, 제원리·복수면·진산면 등지에서 시위가 일어났다.

◉내디독립단의 소식

(이는 왜신문에 바로한바를 비추어그대로 기재하오니 왜적의 발표는 참사실의 백분의 一도 되지 못할바 이를 짐작하야 보시오 (三月 五일 이후)

◉젼라도 각처

〈젼쥬〉

三月一日 대활동 이후 三月十三日 왜인경영인 「젼쥬 일일신보」에 거하면 三月十三日에 보통 셰보다 사람이 만히 [illegible]하는고로 아츰부터 비상경찰을 하야스나 동일오졍에 三만여명 대군중이 일졔히 조회로 반둔 대한국기를 들고 대시위운동을 셜치되 그 동작이 자못 엄숙정대히 하여 무슨 폭힝이 업섯스나 왜헌병슌비대는 그 두려워햐 수十명을 체포하얏스며 이 운동에는 남녀학싱이 다슈히 참가하얏다하며

〈광쥬〉

三月一日 오후에 대활동이 잇슨후 三月十一日 오후 五시경에 예수교회 경영인 슝일학교 학싱 슈빅여명이 항렬을 지어 나오며 대한독립을 웨치며 읍니 빅셩 三四빅명이 합동되고 [illegible] 집합하야 대략 七천여명 대군중이 독립시위운동을 크게 셜치잇다하며

〈임실〉

三日十三日에 [illegible] 김진옥 하며 [illegible] 지도로 슈천여명 군중이 대한독립 만셰를 부르며 대시위운동이 잇섯는데 왜헌병대가 진압하는 중이라하며

〈남원〉

三月一日 [illegible] 대대장 [illegible] 슈빅이이 [illegible] 四방에셔 슈三천 인민이 모여들며 [illegible] 강렬한 히셰를 보이는고로 왜병대가 비상슈단으로 진압에 뢰력하는중이라하며

〈슈셩〉

▲ 내지(조선)의 독립단 소식 가운데 전주, 광주, 임실, 남원의 독립운동 기사가 실려있다 (신한민보. 1919. 5. 6.)

남원에서는 4월 3일 800명의 덕과면 농민들이 경찰관주재소에 몰려가 시위를 했는데 이날 시위에서는 덕과면장 이석기가 독립운동을 이끌었다. 4일에는 읍내에서 1,000명의 농민들이 격렬한 시위를 벌였고 왜경의 발포로 5명이 목숨을 잃고 여러 명이 부상을 입었다.

임실에서는 3월 10일 오수공립학교 학생들의 시위를 시작으로 15일부터 23일까지 거의 날마다 시위가 있었고, 청웅면에서는 100~200명이 15·16·17·21일에 계속하여 시위를 벌였다.

그밖에 지사면·오수면·읍내 등지에서도 시위가 있었다. 그 가운데서 23일 오수면 시위는 1,200명이 모여 주재소와 면사무소, 일본인 집을 습격, 파괴하는 시위를 벌였다. 또한 진안·부안·순창·무주·장수·정읍 등지에서도 만세시위 운동이 격렬하게 일어났다.

자수성가로 번 돈 광복의 초석 쌓은

'김덕세'

무주구천동
깊은 골에 불어오던
침략의 거친 바람
뒤로하고
떠난 이민 길

과일장사로 일군
백만장자 탑은
역경의 가시밭길이었네

빗장 푼 곳간 열어
조국 광복의
횃불 높이든
그대는

꺼지지 않는
겨레의 영원한 등불이어라

김덕세 (金德世, 1894. 12. 28 ~ 1977. 5. 5.) **애국지사**

전라북도 무주가 고향인 김덕세 지사는 원래 한덕세(韓德世)이지만 미국으로 이주한 뒤 남편 (김형순, 2011년 건국훈장 애국장) 성을 따라 김덕세로 바꾸고 2014년 서훈(대통령표창)도 김덕세를 따르고 있다.

서울 이화학당을 졸업한 김덕세 지사는 하와이 이민 통역자였던 김형순과 1909년에 결혼했다. 그러나 이듬해 1910년 일제에 의해 강제로 나라를 빼앗기자 남편은 나라 잃은 망국의 한을 품은 채 1913년 미국으로 건너갔다. 그 뒤 김덕세 지사는 자녀들과 미국으로 건너가 남편과 합류하여 부부가 함께 리들리에서 묘목회사를 설립했다.

그때 김덕세 지사는 이화학당 시절 수학을 가르치던 스승 김호 선생을 만나 남편과 함께 1921년에 김브라더스라는 과일회사를 차리게 된다. 이 회사는 과일을 수확하여 포장한 뒤 로스앤젤레스에 파는 도매회사였는데 이들은 털이 없는 복숭아를 개발하여 큰 성공을 거두었다.

부지런하고 억척스런 김덕세 지사와 남편 그리고 스승은 의기투합하여 회사를 운영한 결과 이들이 세운 과일회사는 1930년대 서부지역에서 가장 큰 과일회사로 우뚝 섰다. 회사가 안정되자 김덕세 지사는 평생 사업으로 번 돈을 남편과 함께 독립운동에 거금을 내는 등 적극적으로 조국의 독립운동에 참여했다.

뿐만 아니라 김덕세 지사는 1922년 미국 캘리포니아 다뉴바에서 발족한 시사연구회(時事硏究會) 발기인으로 참여하였고, 1944년 4월에는 대한여자애국단(大韓女子愛國團) 중가주 지부 조직에 단원으로 참여하였다. 그리고 같은 해 11월 재미한족전

체대표회에 대한여자애국단 대표로 활약하는 등 적극적으로 독립운동에 함께 했다.

▲ 김덕세, 남편 김형순, 김덕세 지사 이화학당 스승인 김호 선생(뒷줄 왼쪽부터 차례대로)

한편 1921년부터 1945년까지 독립자금 370여원을 지원하여 독립운동의 재정적인 부담을 덜어주는 데 공헌하였다. 김덕세 지사는 83살의 나이로 1977년 5월 5일 미국에서 숨졌다. 정부는 고인의 공훈을 기려 2014년 대통령표창을 추서하였다.

더보기 남편 김형순 지사도 독립운동가 (2011년 건국훈장 애국장 추서)

김형순(金衡珣,1886.5.4. ~ 1977.1.25.)애국지사는 경남 통영 출신으로 일찍이 인천으로 올라와 미국선교사로부터 세례를 받고 영어와 서양학문을 배웠다. 이후 우리나라 근대 교육의 선구적 역할을 한 최초의 사립학교로 미국 선교사 아펜젤러가 설립한 배재학당을 졸업한 뒤 인천세관 직원으로 근무했다. 그러던 중 수민원(綏民院, 1902년 외국여행권을 관장하기 위하여 설치되었던 궁내부 산하 관서)의 통역관 시험에 합격하여 첫 이민선을 타고 미국땅을 밟았다가 1909년에 귀국하여 이화학당 출신의 한덕세(김덕세)와 결혼한 뒤 1913년 다시 미국으로 건너갔다.

美서 한창때는 稅金만 百萬弗

"革命덕에 올수있었다"

金衡珣씨

<金衡珣씨>

▲ 미국 이민 31년 만에 모국 나들이 한 김형순 지사의 기사(동아일보 1962. 9. 28.)

김형순 지사는 미국에서 부인의 이화학당 스승인 김호와 함께 과일회사를 차려 대성공을 거두자 1914년 3월 대한인국민회 샌프란시스코 지방회에 가입하는 등 독립운동에 발 벗고 나섰다. 1922년 다뉴바지방회 실업부원(實業部員)에 뽑히고 1930년 3월 국내의 독립운동을 지지하기 위해 결성된 중가주대한인공동회 회장이 되었다.

1932년 11월 샌프란시스코 등지에서 구미위원부 후원 활동을 펼쳤으며, 1933년 2월 샌프란시스코에서 미주한인연합회 제2차 통상회에 LA동지회 대표 자격으로 참석하였다. 1937년 1월 재건 대한인국민회 제1차 대표대회에서 중앙집행위원에 뽑혔고, 1938년 12월 중가주지방회 지방대표로 활약하는 등 부인 한덕세(김덕세)지사와 함께 적극적으로 독립운동에 가담하였다.

또한 김형순 지사는 사업에서 번 돈을 동업자인 김호와 함께 1914에서 1940년까지 미주 대한인국민회, 대한민국임시정부, 북미총회 등에 지속적으로 독립자금으로 지원하였다. 1938년 제퍼슨가의 대한인국민회 북미총회관을 건립할 때에도 거액을 내는가 하면 1941년에는 재미한족연합위원회의 재정위원장을 맡아서 큰 사위 김용중의 워싱턴DC 외교업무를 적극 후원했다.

광복 뒤 동업자 김호와 10만 달러를 희사하여 한인재단을 만들고 유학생들에게 장학금을 지원했다. 또한 지금의 로스앤젤레스 한인회관을 세우기 전에 사용하던 한인센터에도 기금을 내는 등 적극적인 후원활동을 했다. 김형순 지사는 로스앤젤레스에서 1977년 1월 25일 향년 92살로 숨을 거두었다.

부산 좌천동의 불타는 투혼

'김반수'

꿈 많은 열여섯 소녀
장롱 깊숙이 숨겨둔
혼숫감 옥양목 몰래 꺼내

조국의 얼 새긴
태극기 만들었지

저들이 짓밟은 자유를
되찾기 위해

총칼 앞 두려움
떨치고
피울음 토해 내며

빛 찾을 그날 향해
태극 깃발
높이 들었지

김반수 (金班守, 1904. 9. 19. ~ 2001. 12. 22.) 애국지사

2017년 11월 9일(목), 조금 쌀쌀한 날씨 속에 김반수 지사가 다니던 부산 좌천동에 있는 옛 부산진일신여학교(현, 동래여고 전신)를 찾았다. 지금은 기념관으로 쓰고 있는 이 학교는 경사진 높은 언덕에 자리하고 있는데 밑에서 걸어 올라가기가 힘에 부칠 정도로 가파른 곳에 있었다. 126년의 역사를 지닌 부산진교회와 마주보고 있는 아담한 건물의 옛 부산진일신여학교(부산광역시 기념물 제55호) 마당에 서니 왠지 모르게 가슴이 뭉클했다.

경사진 언덕 밑에서 바라다볼 때 우뚝 솟아 보이는 2층짜리 건물은 막상 올라가보니 외로운 섬처럼 달랑 건물 한 동만 남아 있었다. 예전에 학생들이 뛰어 놀았을 운동장도 있었을 법한데 모두 주택과 교회 터로 바뀌어 버렸고 지금은 쓸쓸한 건물 한 채 앞에 '부산진일신여학교 3·1운동 만세시위지' 라는 팻말 하나만이 달랑 하나 세워져있다.

▲ 뒷줄 왼쪽부터 김응수, 김봉애, 김애련, 김복선, 김순이, 문복순, 주경애, 박시연, 앞줄 왼쪽부터 박연, 송명진, 박정수, 김반수, 심순의, 김난줄, 이명시

마당의 느티나무 고목 한그루는 당시 소녀들의 함성을 알고 있는지 모르는지 낙엽을 떨군 채 서있었다. 마당이 하도 적어 옛 일신학교 전경을 카메라에 담을 수도 없을 지경이었다. 옛 부산진 일신여학교는 2층짜리 기념관으로 꾸며져 있는데 1층은 김반수 지사가 다닐 무렵의 교실을 재현한 공간이 있고 2층에는 일신여학교 학생들의 만세운동 관련 자료들이 전시되어 있다.

김반수 지사는 1904년 9월 19일 부산광역시 동래구 칠산동 232번지에서 태어났다. 3·1만세운동이 일어나던 1919년은 김 지사의 나이 16살로 일신여학교 고등과 4학년에 재학 중이었다.

당시 교사이던 박시연, 주경애 선생님은 서울의 3·1만세운동을 알리며 고등과 4학년인 김반수 지사를 비롯하여 심순의, 김봉애, 김복선과 3학년인 김응수, 2학년인 김난줄, 김신복, 1학년인 이명시, 송명진, 김순이, 박정수 등과 더불어 시위를 계획하고 3월 11일을 거사 날로 잡았다. 이들은 시위 때 쓸 태극기를 만들었는데 그 옷감을 선뜻 내놓은 사람은 김반수 지사였다.

"전국에서 3월 1일에 독립만세를 부른다는 소문이 퍼지기 시작하여, 때는 이때다 싶어 동지인 부산진일신여학교에 몇 명이 모여 태극기를 만들어 시민들에게 나눠주기로 약속을 했습니다. 그래서 저의 어머님께서 혼수감으로 마련한 옥양목을 어머님 몰래 끄집어내어 태극기를 만들어 만세운동에 앞장서게 되었습니다."

이 이야기는 김반수 지사 나이 89살(1993년) 때 쓴 손 편지의 한 구절이다. 손 편지는 이어진다. "내가 7살, 보통학교 1학년 때의 일이었습니다. 아침 조례를 할 때 일장기가 게양되는 것을 보고 상급생 언니들이 땅을 치며 통곡하는 것이었지요. 저는 어려서 무엇 때문에 저런 일을 하는가 싶어 의아하게 생각했답니다. 그런데 보통학교를 졸업하고 일신여학교로 진학하니 나라 없는 설움이란 다 표현할 수 없을 만큼 정신적, 육체적 고통을 당했습니다. 어린 나이였지만 나하나 쯤이 아니라 '나하나 만이라도' 라는 생각이 내 뇌리를 스쳐갔습니다."

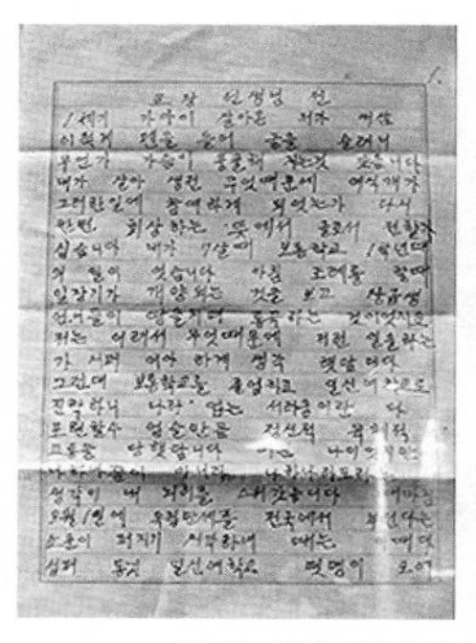

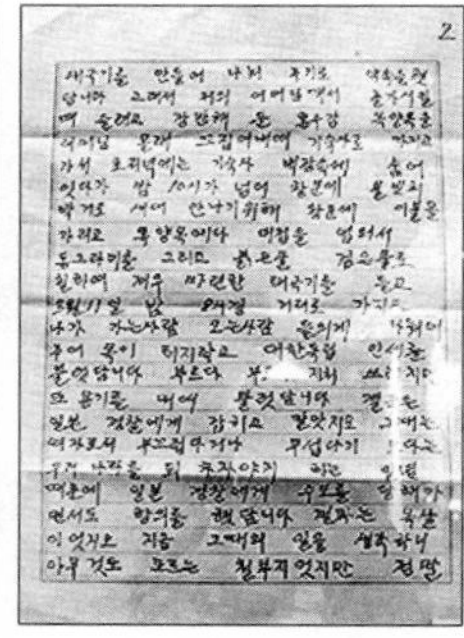

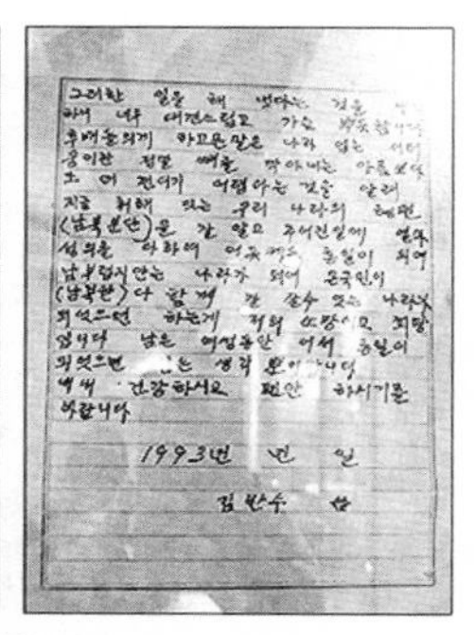

1993년 월 일

김반수 씀

▲ 89살 때인 1993년에 김반수 지사가 독립운동에 대한 이야기를 쓴 손 편지

그래서 김반수 지사는 혼숫감으로 마련해둔 귀한 옷감인 옥양목을 기꺼이 태극기를 만드는 데 써버렸던 것이다. 이들은 삼엄한 왜경의 눈을 피해 기숙사 벽장 창문을 가리고 태극기를 만들었다. 그리고 이 태극기 100여 장을 들고 3월 11일 저녁 김반수 지사는 부산진일신여학교 학생들과 함께 좌천동 일대에서 군중들에게 태극기를 나누어주면서 만세 시위를 주도하였다. 만세 현장에는 일본헌병들이 총 끝에 칼을 꽂고 뒤쫓고 있는 상황이었다. 김반수 지사는 필사적으로 도망쳐 함께 시위를 한 박정수 집에 잠시 숨었으나 이내 잡히고 말았다.

왜경이 박정수 집을 뒤진 것은 부산진일신여학교 일본인 교사 사카이(坂井)의 고자질 때문이었다. 평소 사카이는 김반수 등 여학생들이 교내에서 수군거리는 것을 의심하여 미리 이들의 집을 확인해두었다가 형사인 오빠에게 알린 것이었다. 사카이 형사에게 잡힌 김반수 지사는 부산지방법원에서 이른바 보안법 위반으로 징역 5월을 선고 받고 고난의 옥살이를 살아야했다. 그 옥살이의 고통을 김반수 지사는 《동래학원80년지(東萊學園八十年誌)》(1975)에서 이렇게 말했다.

"그때 나는 어려서 직접 형무소로 와서 심문하고 난 뒤 40여일만에 공판정에서 용수(죄수의 얼굴을 보지 못하도록 머리에 씌우는 둥근 통 같은 기구)를 머리에 쓰고 허리에 줄을 매고 나갔습니다. 판사의 물음에 나이가 어려도 겁내지 않고 '우리나라를 찾기 위하여 태극기를 만들어 들고 독립만세를 불렀습니다.' 라고 대답하였더니 징역 6개월을 구형하여 그 며칠 후에 보안법 위반이라는 죄명으로 판결을 언도 받았습니다.

언도를 받고 난 뒤부터는 콩밥을 먹었습니다. 막상 콩밥을 먹어보니 도저히 먹을 수가 없었습니다. 복역 중에 제일 고된 것은 콩밥을 먹지 못해 영양실조에 걸려 혼난 사실과 그때가 여름이고 보니 목이 말라 물이 먹고 싶어도 물을 마음대로 주지 않으므로 고생이 이루 말할 수 없었으며 또 밤에 누워 잘 때도 방이 비좁아 더워서 혼난 일과 그 외의 많은 여러 사실들이 있습니다."

겨우 16살의 어린 소녀 김반수의 감옥생활은 끔찍한 것이었다. '형무소 인권' 이란 말이 존재할 수 없었던 일체침략기 형무소의 상황은 김반수 지사의 말을 빌리지 않아도 짐작할 수 있다. 어윤희 (1880 ~ 1961) 지사의 경우는 옷을 홀라당 발가벗겼다고 하니 그 수치심은 이루 말할 수 없었을 것이다.

3월 11일, 만세운동에 가담하지 않았다면 1919년 3월 말 김반수 지사는 일신여학교 7회 졸업생으로 졸업을 할 수 있었지만 구속으로 1920년 봄에 가서야 졸업을 할 수 있었다. 일신여학교 기념관에는 이 학교 출신 여성독립운동가들의 당시 사진과 활동 상황 등이 빼곡하게 전시되어 있었다. 댕기머리를 한 가녀린 여학생이지만 조국 독립에 한 목숨을 내놓겠다는 결의로 만세운동에 당차게 참여했던 김반수 지사의 학창시절은 그렇게 기념관 건물 속에서 빛나고 있었다. (김반수 지사는 정부로부터 1992년에 대통령표창을 받음)

부산진일신여학교는 부산, 경남지역 3·1만세운동의 발상지일 뿐 아니라 부산 최초의 여성교육기관으로 역사적인 곳이다. 이곳 출신의 여성독립운동가로는 김반수 지사(대통령표창, 1992), 박차정 (독립장, 1995), 심순의(대통령표창, 1992), 김응수(대통령표창, 1995), 이명시(대통령표창, 2010) 등이 서훈자이며 아직 서훈에 이르지 않은 분들이 더많다.

부산진일신여학교는 1925년 동래구 복천동 500번지에 교사를 신축하여 이전한 뒤 동래일신여학교로 이름을 바꾸었다. 그러나 1940년 3월 일제의 종교탄압정책으로 동래일신학교는 문을 닫게 된다. 하지만 민족혼을 기리는 애국유지들이 학교 폐쇄를 안타깝게 여기고 재단법인 구산학원(현, 학교법인 동래학원)을 세워 동래고등여학교라 이름을 짓고 5월 30일 개교식을 가졌다. 이후 1951년 학제 변경에 따라 동래여자중학교와 동래여자고등학교로 각각 분리되었다. 2015년 5월 동래여자고등학교는 개교 120주년을 맞이하였다. 그러나 그 뿌리는 부산 경남지역 3·1만세운동의 발원지인 부산진일신학교임은 두말할 필요가 없을 것이다.

김반수 지사가 다닌 좌천동 부산진일신학교기념관을 둘러보면서 혹여 교정 어딘가에 독립의 함성을 부르짖던 여학생들의 발자취라도 느낄 수 있을까 싶어 나는 오래도록 교정언저리를 맴돌았다. 11월의 다소 쌀쌀한 날씨는 교정 입구에 꽂아둔 태극기를 펄럭이게 했는데 시퍼런 왜경의 총부리에도 두려워 않고 조선독립을 외쳤던 부산진일신여학교 여학생들의 손에 들렸던 태극기처럼 느껴져 가슴이 뭉클했다.

▲ 김반수 지사가 다니던 부산 좌천동 경사진 언덕 위에 있는 옛 부산진일신여학교 자리는 지금 기념관으로 쓰고 있다.

〈이 글은 2017년 11월 10일 '신한국문화신문' 에 실은 기사임〉

더보기 부산진일신학교 출신 여성독립운동가

1) 박차정 (朴次貞, 1910. 5. 7. ~ 1944. 5. 27.) 애국지사

박차정 지사는 부산진일신학교 시절, 수차례 항일학생운동을 주도하여 그때마다 거듭해 감옥살이를 하였다. 이 때 상황은 일신여학교 교지인《일신》2집에 발표한「철야(徹夜)」라는 소설에 잘 표현되어 있다.

이후 서울로 올라가 여성의 좌우합작 민족운동단체인 근우회에 들어가 1929년 근우회(槿友會) 중앙집행위원, 상무집행위원으로 활동하였다. 1930년 1월, 서울의 11개 여자학교 학생들이 주도한 광주학생운동 때 막후활동 관련자로 왜경에 잡혀 서대문형무소에서 3개월간 옥고를 치렀다.

그 뒤 1930년 중국으로 망명하여 북경 화북대학(華北大學)을 졸업하고 의열단에 가입하여 활동하는 한편, 조선공산당재건설 동맹의 중앙위원으로 활동하였다. 또한 레닌주의 정치학교 운영에도 참여하였으며 1931년 의열단(義烈團)을 주도하는 김원봉(金元鳳)과 결혼했다.

1932년에는 남경으로 옮겨 조선혁명 군사정치간부학교 여자부 교관으로 교양교육과 훈련을 담당하였고, 1935년 민족혁명당의 지원단체인 남경조선부녀회를 결성하여 여성 독립운동가들을 양성하였다. 1937년 조선민족전선연맹 창설에 관여하고 1938년 조선의용대 부녀복무단장으로서 무장투쟁을 펼쳤다.

그러나 1939년 강서성 곤륜산(崑崙山) 전투에서 부상을 당하였고, 이때의 후유증으로 1944년 35살의 젊은 나이로 생을 마감하였다. 정부에서는 고인의 공훈을 기려 1995년에 건국훈장 독립장을 추서하였다.

*박차정 지사에 관한 이야기는 졸저 《서간도에 들꽃 피다》 〈1권〉에서 자세히 다룸.

2) 이명시 (李明施, 1902. 2. 2. ~ 1974. 7. 7.) 애국지사

이명시 지사는 부산진일신여학교 고등과 1학년에 재학 중일 때 교사인 박시연·주경애의 지휘 아래 고등과 4학년 김반수·심순의·김복선·김봉애, 고등과 3학년 김응수, 고등과 2학년 김난줄·김신복 고등과 1학년 송명진, 학년 미상 김순이·박정수 등과 더불어 시위 항쟁을 일으킬 것을 계획하였다. 이들은 3월 11일을 거사 날로 정하고 태극기 100여 장을 만들어 준비하였다.

3월 11일 이명시 지사는 부산진일신여학교 학생들과 더불어 좌천동 일대에서 만세 시위를 벌이고 군중에게 태극기를 나누어 주며 시위를 주도하였다. 부산진일신여학교의 만세 시위는 부산지역 3·1 만세운동의 도화선이 되었다. 그러나 시위 도중 잡혀 부산지방법원에서 보안법 위반으로 징역 5월을 선고 받고 복역하였다.

출감 뒤 복학하여 1922년 3월에 부산진일신여학교를 졸업하였다. 1922년 6월 부산진일신여학교 선배(고등과 1회 졸업생)이자 독립운동가인 박덕술(朴德述)이 부산여자청년회의 회장으로 선임되자, 같은 학교 졸업생인 김난줄·박정수와 함께 위생부에 속하여 활동하였다. 정부는 고인의 공훈을 기려 2010년에 대통령표창을 추서하였다.

* 이명시 지사에 관한 이야기는 졸저 《서간도에 들꽃 피다》 〈3권〉에서 자세히 다룸.

3) 김응수(金應守, 1901. 1.21. ~ 1979. 8. 18.) 애국지사

부산진일신여학교 고등과 3학년에 재학 중이던 김응수 지사는 교사 주경애의 지도로 만세 시위에 나섰다. 김응수 지사는 고등과 4학년 김반수·심순의·김복선·김봉애, 고등과 2학년 김신복, 고등과 1학년 이명시·송명진, 학년 미상 김순이·박정수 등과 더불어 시위를 준비하였다.

▲ 김응수 지사

이들은 1919년 3월 11일에 준비한 태극기를 들고 좌천동 거리에서 만세시위를 벌이다가 왜경에 붙잡혀 부산지방법원에서 보안법 위반으로 징역 5월형을 선고 받고 옥고를 치르던 중 고문으로 건강이 악화되어 가출옥하였다.

1920년 3월 부산진일신여학교를 졸업하고 고향인 통영으로 내려가 지친 몸을 치료한 뒤 유치원 보모와 야학교사로 활동하면서 고향의 젊은이들에게 민족정신을 심어 주었다. 광복 이후 부산으로 와서 교회 전도사로 활동하면서 여생을 보냈다.

정부에서는 고인의 공훈을 기려 1995년에 대통령표창을 추서하였다.

*김응수 지사에 관한 이야기는 졸저 《서간도에 들꽃 피다》 〈3권〉에서 자세히 다룸.

땀 배인 독립자금 광복의 불씨 지핀

'김자혜'

왜적의 간장을 먹지 마라
왜적의 물건도 쓰지 마라
외치던 임

동전 한 닢이라도
조국을 위해 아끼라고
호소하던 임

독립은 입으로
이뤄지지 않고
행동으로 실천하는 것이라고
몸소 앞장서던 임

임이 모은
땀 배인 독립자금

광복의 불씨 되어
활활 타올랐어라

김자혜 (金慈惠, 1884. 9. 22.~1961. 11. 22.) 애국지사

▲ 김자혜 지사와 남편 김은해

하와이 사탕수수밭에서 일할 한국인 노동자 제1진을 태운 갤릭호가 호놀룰루 항에 처음 도착한 것은 1903년 1월 13일이다. 오늘날의 자유로운 이민과는 거리가 먼 하와이 사탕수수밭의 값싼 노동자로 낯선 땅에 발을 내디딘 한국인들은 초기에 거의 하와이행이었지만 점차 미 본토 진출도 늘어났다.

김자혜 지사 역시 남편과 7살짜리 딸 조앤과 함께 1912년 미국 본토로 이민 길에 올랐다. 처음에는 롬폭에 정착을 했지만 좀 더 나은 일자리를 찾아 다시 새크라멘토로 이주했다. 김자혜 지사는 남편과 억척스럽게 삶의 터전을 일구면서도 조국의 독립을 한시도 잊지 않고 있었다. 생존을 위한 노동자의 삶이 평탄치 않았지만 어느 정도 생활이 안정이 되고 언어가 자유로워지기 시작하자 김자혜 지사는 1919년 샌프란시스코 미주한인부인회에서 대표를 맡는 등 조국 독립을 위한 일에 발 벗고 나섰다.

이어 1923년에는 구미위원부 재무를 맡았으며 1924년, 오클랜드로 거처를 옮긴 뒤에는 오클랜드 대한여자애국단 지부 단장, 1927년 부인전도회 회장, 1929년 부인저금회 회장 및 오클랜드 지방회 재정부위원, 1931년 중가주공동회 오클랜드지방 선전부장, 이후 1945년까지 오클랜드지방회 대의원, 수전위원, 국민회 오클랜드대표 등으로 활동했다.

강한 생활력과 조국 독립에 대한 확신을 갖고 뛴 세월이었다. 한시도 쉬지 않고 고군분투한 시간이었다. 김자혜 지사는 당시 한인사회에서 독립운동가로 활발한 활동을 하면서 상당한 지도력을 발휘했는데 그의 활동 사항은 〈신한민보〉에 고스란히 기록되어 있다.

한편〈신한민보〉에는 김자혜 지사가 앞장서서 '왜적의 간장을 먹지 마소' 라는 광고를 내어 미국사회에서 동포들이 일본상품을 사먹지 말도록 하는 불매운동 기사도 눈에 띈다. 그런가 하면 김자혜 지사는 1924년, 대한여자저금회 회장을 맡아 저축을 장려하고 한인사회의 경제기반을 갖출 수 있도록 노력했다.

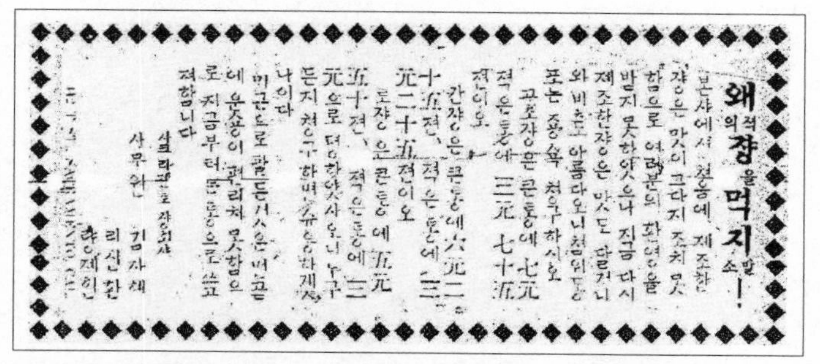

▲ '왜적의 장을 먹지마소' 라는 광고에 김자혜 지사 이름이 보인다 (신한민보 1919. 7. 15.)

1932년 3·1절 13주년을 기념하는 대한인국민회 행사에서는 "우리가 만일 독립을 원할진대 말로만 하지 말고 매일 페니 한 푼씩이라도 저축하여 독립자금을 모아놓아야 한다."는 연설로 자립정신을 권장했다. 김자혜 지사의 독립운동은 거창한 것 보다는 빵에 버터를 발라먹지 않는 것과 같은 작은 일을 중요시 했다.

1941년 1월 16일 대한부인회 전도회장으로 한국 어린이를 위해서 국 한 그릇 모금운동을 한 것도 김자혜 지사의 평소 신념인 '작은 실천'을 행동에 옮기는 솔섬수범을 보인 것이었다. 김자혜 지사는 자신의 딸 조앤을 도산 안창호의 사촌 남동생 안영호와 결혼시켜 안창호 집안과 사돈의 인연을 맺었다. 그것은 독립운동가 도산 안창호에 대한 존경심에서 우러난 것이었다. 정부는 고인의 공훈을 기려 2014년에 건국포장을 추서하였다.

더보기 사위 안영호는 도산 안창호의 사촌동생

도산 안창호의 사촌동생인 안영호는 김자혜 지사의 사위이다. 안영호의 아버지 안교점은 어린 아들과 형님네 가족 등과 함께 1905년 하와이로 노동이민을 떠났다. 그것은 미국에 먼저가 있던 도산 안창호가 초청을 했기에 가능한 일이었다. 도산의 사촌동생인 안영호는 12살 나이에 하와이로 가서 감리교회에서 운영하는 학교에 다녔다.

15살부터는 재봉 일을 배우다가 1915년 샌프란시스코로 이주했다. 이곳에서 김종림 등과 벼농사를 짓기도 했지만 홍수로 손해를 보았으며 생활을 위해 트럭운전사 일도 했다. 1923년 오클랜드로 이주한 안영호는 김자혜 지사의 딸 조앤과 1925년 결혼했다. 결혼식에는 도산 안창호와 부인 이혜련도 참석했다.

안영호 지사는 1937년부터 1945년까지 대한인국민회(大韓人

國民會) 오클랜드지방회 등에서 활동하며 독립운동자금을 지원하였다. 1937년 미국 캘리포니아주 오클랜드지방회 지방집행위원 겸 실업부원, 1940년 오클랜드지방회 선전위원·집행위원장 등으로 뽑혀 활동하였다.

▲ 김자혜 지사의 딸 조앤은 도산 안창호의 사촌동생인 안영호와 결혼식을 올려 독립운동에 함께 힘을 모았다.(1925)

또한 1941년 8월 29일과 11월 17일에는 국치기념식과 순국선열기념식을 주관하였다. 1942년에는 독립자금(전시부담금)을 모집하고 국민회 창립기념식, 3·1절 기념식, 국치기념식, 임시정부 대일선전 1주년 기념식을 주관하였다. 1943년 오클랜드지방회 집행위원장·중앙집행위원, 1944년 오클랜드지방회 총무, 1945년 실업위원으로 활동하였다.

안영호 지사는 1917년부터 1945년까지 여러 차례 독립운동자금을 지원하였다. 정부는 고인의 공훈을 기려 2014년에 건국포장을 추서하였다.

미주 동포사회에 독립 의지 심은 사진신부

'양제현'

개성 인삼장수의 귀한 아들
거친 땅 하와이서 중노동할 때

사진신부로 건너간 임 맞아
아름다운 한 쌍의 원앙 이뤘네

부부 힘 모아
엉클샘 식당으로 벌어들인 돈

고국 동포 살찌우고
조국 독립의 초석으로 쓰였으니

원앙새의 아름다운 삶
동포사회의 영원한 귀감이어라

▲ 양제현 지사 〈한국화가 이무성〉

양제현(梁齊賢, 1892 ~ 1959. 6. 15.) 애국지사

양제현 지사는 이른바 사진신부로 1913년 미국에 건너가 남편 양주은(1879~1981)지사와 함께 미국 샌프란시스코에서 한 평생을 조국의 독립운동을 위해 헌신했다. 양제현 지사의 원래 이름은 이제현(李齊賢)으로 미국으로 이주한 뒤 남편(양주은, 1997년 건국훈장 애국장)성을 따라 양제현으로 바꾸고 2015년 애족장을 추서 받을 때에도 양제현을 따르고 있다.

양제현 지사는 고국에서 1913년 8월 23일 진명학교를 1회로 졸업하고 미국에 있는 양주은 선생에게 사진을 보내 결혼이 성사되었다. 그의 나이 21살 때 일이다. 당시는 사진결혼이 유행하던 때로 1911년 무렵부터 1924년 사이에 약 1천명으로 추정되는 여성들이 사진신부로 미국 땅을 밟던 때였다.

남편 양주은 지사는 개성 인삼장사의 아들로 태어나 1903년 말 하와이로 노동이민을 떠났다. 3년 동안 사탕수수 농장에서 죽어라 일한 뒤 더 넓은 세계로 나가기 위해 1906년 4월 5일 미 본토 샌프란시스코에 도착했다. 대체로 이 무렵 하와이 노동자들의 이동 경로는 이와 같았다.

미국으로 건너간 양제현 지사는 남편과 함께 1923년부터 40년 동안 샌프란시스코 다운타운에서 엉클샘(Uncle Sam' s)식당을 경영했다. 이 사업은 생계유지를 위해 시작한 것이었지만 여기서 나오는 수입은 조국 독립을 위한 독립자금원이 되기도 하였다. 특히 초기에 미국으로 건너간 유학생들과 정치 망명가들은 이 식당의 후원을 받지 않은 사람이 없을 정도로 부부 독립운동가는 아낌없는 재정 후원을 하였다.

▲ 양주은, 부인 양제현(왼쪽) 부부 독립운동가. 부부는 1923년부터 40년간 샌프란시스코 다운타운에서 엉클샘(Uncle Sam' s)이라는 식당을 운영하면서 독립자금을 대었다.

양제현 지사의 독립운동 지원은 비단 재정적인 것뿐만이 아니었다. 1917년 3월 미국 캘리포니아주 새크라멘토에서 대한인국민회 후원과 일화(日貨) 배척을 목적으로 한인부인회를 조직하고 회장으로 활동하였다. 뿐만 아니라 1919년 3월 2일 캘리포니아주 다뉴바(dinuba)에서 조직된 신한부인회의 대표를 맡았고 같은 해 8월 2일에는 대한여자애국단을 조직하여 활약하였다.

한편, 1920년 3월 대한인국민회 중앙총회 지휘 아래 3·1절 기념식에서 '여자의 일생' 이란 제목으로 독립군을 따라 생을 마칠 것을 연설하였다. 또한 1925년 8월 대한여자애국단 샌프란시스코지부 단장으로 창립기념식을 주관하였고, 9월에는 서기로 뽑혔다.

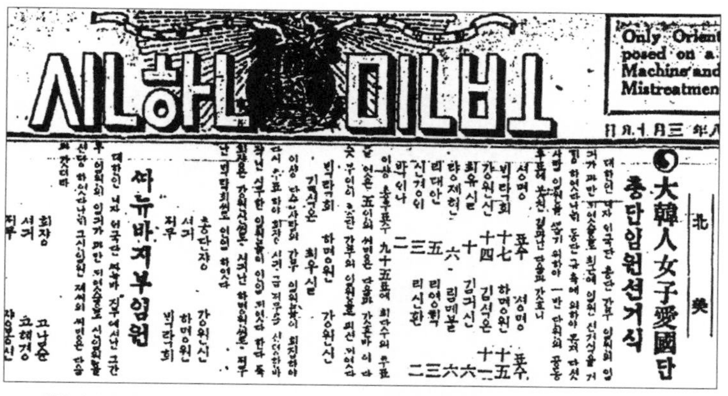
신한민보

Only Orient
posed on a
Machine and
Mistreatmen

大韓人女子愛國단
총단임원선거식

싸뉴바지부임원

▲ 대한인여자애국단 총단임원선거 기사에 양제현 지사 이름이 보인다(신한민보 1925. 3. 19.)

1927년 2월 애국단 총단 행정위원, 1928년 총단 위원, 1929년 총단장 겸 위원, 1930년 총단장으로 장인환(張仁煥)의사 장례식 집행위원으로 활동했다. 1931년 대한인국민회 샌프란시스코 지방회 수봉위원(收捧委員), 1931년 지방회 구제원으로 활약했으며, 1932년 3·1절 기념식 준비위원장 및 총단 서기 등으로 활동했다.

1933~1934년 애국단 샌프란시스코지부 단장, 1935년 샌프란시스코지방회 재무, 1936년 샌프란시스코지부 위원장, 샌프란시스코지방회 학무, 1937년 국민회 중앙집행위원 겸 샌프란시스코지방회 집행위원장, 1938년 샌프란시스코지방회 학무위원, 샌프란시스코지부 단장, 1939년 샌프란시스코지방회 학무위원, 1940년 12월 샌프란시스코지방회 교육위원, 1941년 샌프란시스코지부 단장, 1942년 샌프란시스코지방회 실업위원, 샌프란시스코지부 단장, 1943년 샌프란시스코지부 서기, 1944년 샌프란시스코지부 단장을 역임했다. 이러한 활동 외에 1919년부터 1945년까지 여러 차례 독립운동자금을 지원하였다.

식당을 운영하랴, 독립운동에 몸바치랴 양제현 지사의 삶은 한시도 쉴 틈이 없었을 것으로 짐작된다. 양제현 지사는 양주은 선생과의 사이에서 한미, 한숙의 두 딸을 두고 67살을 일기로 미국에서 숨을 거뒀다. 13살 연상인 남편 양주은 지사는 103살을 일기로 1981년 숨을 거뒀으며 이들은 샌프란시스코 사이프러스 공동묘지에 나란히 묻혀 있다.

정부는 양제현 지사의 공훈을 기려 2015년에 건국훈장 애족장을 추서하였다.

더보기 미주에서 40년 활약한 남편 양주은 지사도 독립운동가 (1997년 건국훈장 애국장)

양주은 (梁柱殷, 1879. 5. 25. ~ 1981. 8. 30.)지사는 향년 103살로 1981년 미국에서 숨을 거두었다. 미주에서 독립운동가로 한평생을 산 그를 1978년 5월 20일(양주은 지사 99살 때) 찾아뵙고 대담을 한 분은 미국 한인역사박물관 민병용 관장이다. 민병용 관장의 허락을 얻어《미국 독립유공자 전집 '애국지사의 꿈' 》(2015) 152쪽에 실린 양주은 지사 대담 기사 전문을 싣는다. 양주은 지사는 독립운동 공훈을 인정받아 정부로부터 1997년 건국훈장 애국장을 추서 받았다. 이하 민병용 관장의 대담 내용이다.

▲ 양주은 지사

양주은의 삶은 애국애족, 성실근면, 정직 그리고 봉사라는 말로 표현할 수가 있다. 그는 겨레사랑, 나라사랑의 모범을 보였다. 1910년부터 해방이 될 때까지 상해 임시정부 재정지원, 광복군 후원, 미국 내 애국지사를 돕는 일을 기쁨으로 했다. 그리고 초기 유학생들의 보살핌에도 특별했다. 양주은은 "나는 지도자로서 앞에 나서지 않고 조국의 독립을 위해 활동하는 지도자들과 젊은 학생들을 뒤에서 도왔지요." 라고 생전에 말을 한 적이 있다. 개성 인삼장사의 아들로 태어난 그는 1903년 말 하와이 노동이민에 올랐다.

3년간 사탕수수농장에 일한 후 1906년 4월 5일 샌프란시스코에 도착을 했다. 대지진이 나기 3일전이다. 조선의 팔도강산을 유람한 뒤 개성 인삼의 해외시장 개척과 서양문물을 익히기 위해서 이민 길에 오른 것이다. 무엇보다도 쓰러져가는 나라를 보면서 통한의 마음으로 이민선에 올랐다. 샌프란시스코에 정착하고는 대한인국민회 중앙총회에 참여했고 1913년 도산 안창호의 흥사단 창단에 단우 번호 6번으로 참여했다.

68년간을 도산의 흥사단 정신으로 살았다. "흥사단 창단은 미주에서 큰 뜻이 있었지요. 젊은이나 일반인을 위해 교육을 해오면서 교포사회를 하나가 되도록 했고 나라사랑하는 길을 가르쳐주었지요. 도산 안창호는 미주 한인사회의 큰 빛이었지요. 하루를 살아도 내 민족과 나라를 생각하는 것이었고, 언제나 실력 있는 사람이 되자고 역설했다." 고 1978년 5월 20일 샌프란시스코 자택에서 인터뷰 때 저자에게 말했다. 양주은은 1908년 3월 23일 샌프란시스코에서 일어난 장인환, 전명운 의사의 친일 외교고문 듀함 스티븐스 저격을 현장에서 본 산 증인이다.

▲ 장인환 전명운 두 의사의 석방 축하회 후 교인들과 함께 사진을 찍은 사진으로 맨 뒷줄 오른쪽부터 5번째가 양주은 지사 (대한인국민회 기념재단 제공)

그는 당시 페리정거장에 나갔고 바로 그 자리에 있었다. "동양인은 총을 살 수가 없어서 장인환은 같은 집에 사는 백인의 총을 가지고 나왔고, 전명운은 가짜 총이라고 하지만 진짜 총을 가지고 나왔다." 고 밝혔다. 양주은은 1923년부터 40년간 샌프란시스코 다운타운에서 Uncle Sam' s 식당을 경영했다. 그리고 수익의 일정액은 독립운동으로 냈다.

초기 유학생과 정치 망명가들의 재정후원을 한결같이 했다. 양주은은 1918년 국민회 의무금으로부터 독립의연금, 광복군 후원금 등 여러 명목으로 1944년까지 쉬지 않고 재정지원을 했다. 1936년 5월 임시정부 대표 이동녕, 이시영, 조성환, 김구, 송병조, 차이석은 재정지원에 감사하다는 내용과 앞으로 계속 후원을 해달라는 감사의 서신을 양주은에게 직접 보내왔다.

무엇보다도 평생 모은 신한민보와 대한인국민회, 공립협회, 대동보국회의 주요 자료를 1961년 한국을 방문 했을 때 국립중앙도서관에 기증하면서 미주 독립운동사 연구에 쓰라고 말했다.

양주은은 1913년 8월 23일 진명학교 1회 졸업생인 이제현과 사진결혼 후 장녀 한미, 차녀 한숙을 두었다. 양주은은 1981년 8월 30일 향년 103세를 일기로 별세했다. 샌프란시스코 사이프러스 공동묘지에 묻혀 있다.

김좌진 장군과 함께 뛴 만주의 여걸

'오항선'

아이업고 말 타던
만주의 여걸

김좌진 장군과
어깨를 맞대고

독립의 최전선을
누비며 일군
광복의 기쁨도 잠시

반기는 이 없는
쓸쓸한 조국 땅에서

정처 없이 떠돌다
아흔여덟
고단한 생 마감한
외로운 독립투사

뉘 있어
불타던 그 투혼
기억해줄까?

오항선 (吳恒善, 1910. 10. 3. ~ 2006. 8. 5.) 애국지사

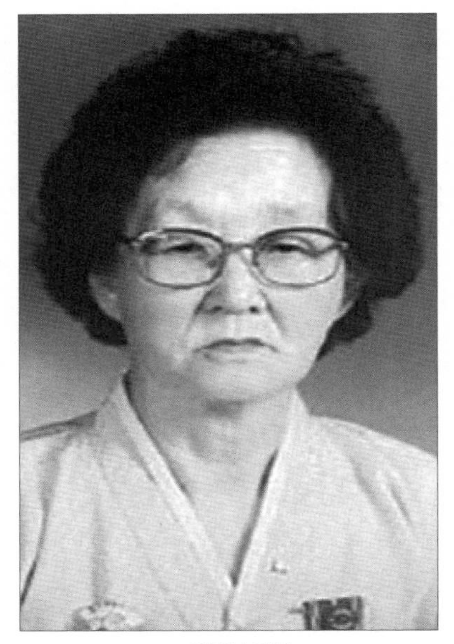

▲ 오항선 지사

"제 어머니라서 이런 말씀을 드리는 건 아닙니다. 어머니는 정말 여장부셨습니다. 중국에서 아기를 업은 채 말을 타고 다니며 독립 문서를 전달하셨다고 하니 지금 생각해도 여자의 몸으로 어찌 그러한 일을 하셨을까 싶습니다."

오항선 지사의 아드님인 권혁우(74살) 지회장(광복회 부산 남부연합지회)은 필자를 만나자 마자 어머니에 대한 이야기를 실타래 풀 듯 풀어 놓았다. 필자는 2017년 11월 10일(금) 오후, 오항선 지사의 아드님을 뵙고 이야기를 듣고자 부산 남구 못골로(대연동)에 있는 광복회 연합지회 사무실을 찾았다.

▲ 안중근 의사 아들 준생 씨의 장례식 모습, 동그라미 표시는 안성녀 씨로 오항선 지사의 시어머니요, 안중근 의사의 여동생이다.

"어머님(오항선)은 98살(실제나이)로 돌아가셨습니다만, 돌아가시는 그날까지 속옷을 빨아 입을 정도로 정정하셨습니다. 몸도 건강하셨지만 정신은 더욱 또렷하셨지요. 저희들에게 자주 당신이 독립운동 하던 시절의 이야기를 들려 주셨기에 마치 제가 독립운동을 한 것처럼 그 당시 상황을 자세히 알고 있습니다."

이는 권혁우 지회장 곁에서 부인 이용순(68살) 씨가 시어머님(오항선)에 대해 들려준 이야기다. 사이좋은 고부간의 지난 시간들을 엿볼 수 있는 순간이었다.

오항선 지사 부모의 고향은 황해도 신천으로 부모님은 일찍이 만주로 진출하여 오항선 지사는 1910년 10월 만주 길림성 석두하자에서 태어났다. 독립군을 돕던 아버지의 영향을 받아 어린 나이지만 조국을 일제에 빼앗기고 망국노로 이국땅에서 살아가고 있는 사실에 일찍 눈을 떴다. 그러나 독립군의 뒷바라지를 하시던 아버지가 조선을 침탈한 일제에 항거하여 자결로 생을 마감하고 말았다. 거기다가 하나 밖에 없는 남동생 오해산 역시 독립운동을 하다 목숨을 잃는 아픔을 겪어야했다.

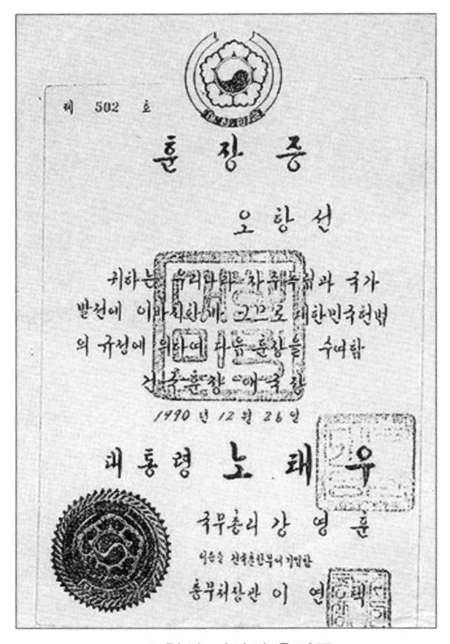
제 502 호

훈 장 증

오 항 선

귀하는 [illegible] 국가 발전에 이바지한 바 크므로 대한민국헌법의 규정에 의하여 다음 훈장을 수여함

건국훈장 애국장

1990년 12월 26일

대통령 노 태 우

국무총리 강 영 훈

이 증을 건국훈장부에 기입함

총무처장관 이 연 택

▲ 오항선 지사의 훈장증

일찍부터 철이 들었던 오항선 지사는 18살 때부터 만주에서 독립운동에 뛰어들었다. 김좌진 장군의 부하가 되어 무기운반과 은닉 그리고 연락 책임을 도맡아 목숨을 건 독립운동에 전력을 다했다. 오항선 지사는 1929년 1월 신민부 소속 독립운동가 40여 명이 길림성에서 회의를 하고 있을 때, 하얼빈에 있는 일본 영사관원과 중국군의 습격을 받아 유정근 등 12명이 체포되자 숨겨둔 무기를 안전한 곳으로 운반하는 등 독립운동에 앞장섰다.

1930년 김좌진 장군이 죽자 부인 나혜국과 함께 장군 부하 동지들의 경제생활을 지원하였으며 그해 1월에는 암살당한 김좌진 장군의 복수를 모의한 고강산, 김수산 등 6명에게 권총을 전달하였다. 무기를 전달하는 과정은 목숨을 내놓아야하는 위험천만한 일이지만 오항선 지사는 두려움 없이 무기 운반의 임무를 완수하였던 것이다.

오항선 지사는 1930년 10월 독립군 활동을 돕던 중, 자신의 집에서 남편 유창덕과 함께 체포되어 혹독한 고문을 당했다. 그는 1931년에 4년 6개월 형을 선고받아 길림성 감옥에서 복역하던 중 7개월 만에 출소하였다. 그러나 그 해 10월 남편 유창덕이 일본군에게 사살되는 불행을 겪게 된다. 그의 나이 31살 때의 일이다.

홀로되어 독립운동을 이어가던 오항선 지사는 1935년 안중근의 누이동생인 안성녀의 아들 권헌 선생과 재혼하여 함께 독립운동에 힘썼다. 권헌 선생은 당시 중국에서 인쇄소와 정미소를 운영하며 독립군에게 군량미를 조달하는 등 조국독립의 물질적인 지원을 아끼지 않았다. 그러나 막상 광복을 맞아 꿈에 그리던 고국 땅을 밟았을 때는 빈털터리였다. 중국 내에서 기반을 잡아 활동하던 모든 것들을 중국 땅에 두고 빈손으로 돌아와야 했기 때문이었다.

조국으로 돌아와 방 1칸도 없이 시작한 부산 생활은 꿈에 그리던 조국의 모습이 아니었다. 오항선 지사는 시어머니인 안중근 의사의 여동생 안성녀 여사를 모시고 1남 2녀의 올망졸망한 아이들을 키우느라 삯바느질 등 온갖 거친 일을 마다않고 닥치는 대로 해야 했다. 그래서일까? 오항선 지사는 자신의 며느리에게만은 그러한 짐을 조금이라도 덜어주고자 없는 살림을 도맡아 하면서도 며느리가 사회봉사 활동을 할 수 있도록 적극 밀어주었다.

"정말 시어머님(오항선 지사)은 고생을 많이 하셨습니다. 저희들 역시 맨손으로 고국에 돌아오신 부모님 밑에서 말로 표현할 수 없는 고생을 하며 살아왔지요. 그러나 가진 것이 없는 생활이었지만 어머님은 당신이 집안 살림을 맡아하시면서 며느리인 저를 내보내 사회봉사에 전념하도록 후원해주셨습니다. 수십 년 동안 적십자봉사단 등에서 제가 봉사활동을 할 수 있었던 것은 오로지 시어머님 덕입니다."

독립운동이 나라를 위한 일이라면 적십자 활동 등의 봉사활동은 사회를 돕는 일이다. 시어머니는 독립운동에 평생을 쏟고, 며느리는 사회봉사에 평생을 쏟은 고부간의 헌신이 유달리 돋보였다. 어디 그뿐인가! 오항선 지사의 시어머님인 안성녀 여사는 안중근 의사의 여동생이라는 이유 하나만으로 평생 일본 경찰의 감시를 받아야했으니 오항선 지사로서는 늘 마음이 바늘방석에 앉은 듯했다.

오항선 지사의 아드님인 권혁우 지회장은 안성녀 할머니에 대한 기억을 어렴풋이 하고 있었다. 광복의 기쁨을 안고 건너온 조국 땅에서 너무나 살아갈 길이 막막하여 한번은 안성녀 할머니가 어린 손자 혁우를 데리고 부산시장실을 찾아갔다고 한다. 독립운동을 한 사람이 귀국하여 방 1칸도 없이 살아가서야 되겠느냐고 시장에게 의논 겸 도움을 요청하러 간 것이다.

허름한 옷을 입은 웬 할머니가 어린 손자를 데리고 와서 시장을 면담하겠다고 하니 비서실에서 행색만을 보고 '시장님이 안계신다.' 고 한 모양이었다. 그러나 안성녀 할머니는 미동도 하지 않고 그렇다면 시장이 돌아올 때까지 기다리겠다고 했다. 그러나 사실 시장은 시장실 안에 있었던 것이다. 시장실 안에 있던 시장이 문을 열고 밖으로 나오자 안성녀 할머니는 지팡이로 대뜸 시장을 후려쳤다고 했다.

그러면서 "내가 누군지 아나? 시장이 안에 있으면서 왜 없다고 하냐? 중국에서 독립운동을 하느라 오만 고생을 하고 돌아와서 방 한 칸도 없이 살아야하는 사정을 말하러 온 늙은이에게 이 무슨 무례한 짓이냐?" 고 혼쭐을 냈다고 한다.

독립투사 오라버니 안중근의 당당한 피를 물려받은 여동생답게 안성녀 여사는 정정당당히 시장을 면담하고자 했으나 그들의 졸렬한 처사에 호통을 치고 뒤도 돌아보지 않고 시장실을 나와 버렸다고 한다.

안중근 의사의 여동생인 안성녀 여사의 손자이자 독립운동가 오항선 지사의 아드님인 권혁우 지회장과 부인 이용순 여사는 장시간 동안 당시 할머니와 어머니가 살았던 시대의 이야기를 생생하게 들려주었다. 그러면서 자신의 아이들도 오항선 할머니를 존경하고 있다고 대견스러워 했다.

말년의 오항선 지사는 틈나는 대로 "일제에 억압받던 과거의 역사를 후손들이 되풀이하지 않도록 청년들이 정신을 차려야한다. 중국과 일본 사이에서 완전한 자주독립을 위해 독립운동은 지속되어야 한다." 고 하셨다고 전했다.

▲ 숱한 고생을 이겨낸 오항선 지사 아드님 내외

2006년 98살의 일기로 숨을 거두기까지 오항선 지사는 한시도 정신을 놓지 않고 운명하는 그 순간까지 대한민국의 안녕을 기원했다는 이야기를 듣고 있자니 가슴이 뭉클했다. 오항선 지사에게 조국, 대한민국은 목숨 그 자체였음을 대담을 마치면서 가슴으로 느꼈다.

오항선 지사는 국가로부터 독립운동의 공훈을 인정받아 1990년, 건국훈장 애국장을 수여받았다. 그러나 오항선 지사에 앞서 독립운동을 한 시어머니 안성녀 여사는 후손들이 여러 번 독립유공자 서훈 신청을 하고 있지만 번번이 반려되고 있다면서 손자인 권혁우 광복회 부산 남부연합지회장은 안타까워했다.

나 하늘로 돌아가리라
손에 손을 잡고
노을빛 함께 단 둘이서
아름다운 이 세상 소풍 끝내는 날
가서, 아름다웠더라고 말하리라

-천상병 귀천 중에서-

이는 2017년 12월 찾은 대전국립현충원 (애국지사 3-283) 오항선·권헌 무덤 묘비석에 있는 글귀다. 조국의 독립을 되찾기 위해 아기를 업은 채 말을 달리던 오항선 지사여! 이제 평안히 고이 잠드소서!

〈이 글은 2017년 11월 27일 '신한국문화신문' 에 실은 기사임〉

만세운동으로 팔 잘리고 눈먼 남도의 유관순

'윤형숙'

베니스의 상인을
무대에 올리던
꿈 많던 열아홉 처녀

기미년 그해
높이든 태극기 찢기고
팔 잘리고
눈마저 찔렸어라

하나뿐인 목숨 걸고
꽃다운 청춘도 오롯이 바친
자유 향한 임의 피울음

겨레의 가슴 속에
붉은 꽃으로
영원히 피어나리

윤형숙 (尹亨淑, 1900. 9. 13. ~ 1950. 9. 28.) 애국지사

▲ 남도의 유관순 윤형숙 열사

"왜적에게 빼앗긴 나라 되찾기 위하여 왼팔과 오른쪽 눈도 잃었노라. 일본은 망하고 해방되었으나 남북·좌우익으로 갈려 인민군의 총에 간다마는 나의 조국 대한민국이여 영원하라"

이는 순국열사 윤형숙(다른이름 윤안정엽, 윤혈녀) 지사의 무덤 묘비석에 새겨진 글귀다. 2017년 11월 17일(금) 낮 2시에 찾은 전남 여수시 화양면 창무리 마을 입구에 있는 윤형숙 열사의 무덤은 2차선 도로 옆 자신이 태어난 고향 마을을 내려다보는 양지쪽에 자리하고 있었다.

이날 윤형숙 열사의 무덤을 안내한 이는 윤 열사의 조카 윤치홍(77살)씨 내외였다. 윤치홍 씨는 윤형숙 열사의 작은 아버지 윤

자환(尹滋換, 1896 ~ 1949, 2003년 대통령표창 서훈)의 손자로 갑자기 쌀쌀해진 날씨 탓에 감기 몸살 중이라 부인(72살)이 운전하는 차로 KTX 여천역까지 마중 나와 함께 윤형숙 열사의 유적지를 안내해주었다.

"고모님(윤형숙 열사)의 무덤은 원래 이 자리에 있지 않았습니다. 1950년 9월 28일, 인민군에 의해 학살당한 채 저기 보이는 고향(창무리) 마을 뒷산에 가매장되어 있었지요. 그러다가 10년 뒤에 현재의 이곳으로 이장하였습니다." 조카 윤치홍 씨는 친절하게 윤형숙 열사에 관한 이야기를 들려주었다.

▲ 여수 화양면 창무리에 있는 윤형숙 열사의 무덤 입구의 "독립유공자 윤형숙 열사의 묘" 안내판, 그 뒤로 열사의 무덤이 보인다.

1960년 3월 23일 마을사람들은 윤형숙 열사의 무덤을 이곳으로 옮겼다. 이후 2013년 9월 28일 무덤 앞에 묘비석과 안내판을 세우는 등 묘비 정비를 하는데 결정적인 역할을 한 사람은 윤치홍 씨로 당시에 그는 여수시 독립유공자 발굴 전문위원이었다.

"윤형숙 열사는 남도의 유관순이라고 알려져 있는 분입니다. 만세운동 중 왜경에 왼팔이 잘리고 눈까지 잃으면서도 만세운동을 부른 그 투지를 누가 감히 흉내 낼 수 있겠습니까?" 라고 윤치홍 씨는 말한다.

그러나 부끄럽게도 우리는 남도의 유관순, 윤형숙 열사를 잘 모른다. 윤형숙 열사는 어렸을 때 안정리라는 마을에서 살아 안정엽이라는 이름으로 불렸고 수피아여학교 시절에는 윤혈녀라고 불렸다. 윤 열사는 일제에 의해 저질러진 비극적인 사건인 1895년 명성황후 시해로부터 5년 뒤인 1900년 9월 13일 여수시 화양면 창무리에서 태어났다.

윤 열사의 아버지 윤치운은 당시 한학자였으나 윤 열사가 7살 되던 해 어머니가 병으로 세상을 뜨고 말았다. 하지만 어린 형숙에게 교육을 시키고자 아버지는 윤 열사를 순천에 있는 미국 남장로교 선교사집에 맡겨 초등학교를 마치게 한다.

이후 순천 성서학원을 이수한 뒤, 광주지역 최초의 여성중등교육기관인 수피아여학교 (현, 수피아여고)에 진학하면서 나라의 운명에 대한 깊은 통찰력을 키우게 된다. 당시 수피아여학교는 광주 숭실학교와 더불어 호남지역의 중요 항일운동의 본거지로 그 명성이 자자했던 학교이다. 1918년, 18살의 나이로 수피아여학교 신입생이 된 윤형숙 열사는 강력한 리더십으로 반장을 도맡아했다고 한다.

특히 수피아여학교의 반일회(班日會)는 일제에 저항한 모임으로 다양한 활동을 하였는데 윤형숙 열사는 '장발장', '베니스의 상인', '바보온달' 같은 연극을 통하여 민족의식을 키우는 일에 앞장섰다. 때마침 수피아여학교에는 민족의식이 투철한 박애순 선생(1896 ~ 1969, 1990년에 건국훈장 애족장)이 있었는데 영리하고 야무진 윤 열사는 박애순 선생의 사랑을 독차지하였다.

윤 열사가 2학년이 되던 1919년 1월 20일 아침 6시, 서울로부터 고종황제의 승하 소식을 전해들은 수피아여학교는 일제에 의한 고종황제 독살에 대해 분개하고 있었다. 박애순 선생은 3·1만세운동 전후의 국내 사정과 파리 만국강화회의 사정, 매일신보에 실린 독립운동에 관한 기사 등을 학생들에게 알려 자신들도 독립만세운동에 동참해야 하는 당의성을 이해시켜나갔다.

▲ 반일사상을 심어주던 반일회 연극 (1931)

이에 윤형숙 등 여학생들은 1919년 3월 10일 낮 2시, 광주 장날을 기해 만세운동에 앞장섰다. 이날 만세시위에는 수피아여학교를 비롯하여, 숭실학교생, 기독교인, 농민, 시민 등 1천여 명이 참여하였는데 일제는 기마헌병을 투입하여 시위자들에게 위해를 가하며 체포에 열을 올렸다.

이 자리에서 윤형숙 열사는 태극기를 든 왼팔이 잘리고 오른쪽 눈을 실명하는 비극적인 운명과 마주치게 된다. 이러한 큰 부상을 입은 윤 열사는 주동자로 잡혀가 1919년 4월 30일, 광주지방법원에서 징역 4월에 집행유예 4년을 선고받고 옥고를 치러야 했다.

이 일로 윤 열사의 몸은 만신창이가 되어 겨우 목숨을 건졌지만 왼팔이 잘리고, 오른쪽 눈을 실명 당하는 참담한 현실에 놓이게 된다. 당시 광주 3·1만세운동에 참여한 수피아여학교는 윤형숙 열사를 비롯하여 교사와 학생 26명이 전원 구속되는 초유의 사태를 맞이했다.

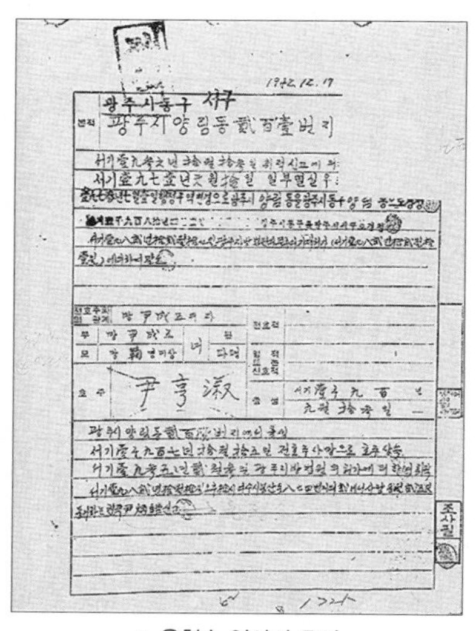
1942. 12. 17

광주시동구 서구

본적 광주시 양림동 貳百壹번지

호주 尹亨淑

조사필

▲ 윤형숙 열사의 호적

극심한 부상을 입은데다가 거듭된 고문으로 감옥 문을 나설 무렵의 윤형숙 열사는 그나마 실낱 같이 의존하던 왼쪽 눈마저 거의 실명 상태에 이르고 만다. 하지만 삶의 희망의 끈만은 놓지 않았다. 이후 윤 열사는 독신으로 원산의 마르다윌슨 신학교에서 신학공부를 마친 뒤 전주로 내려가 기독교학교의 사감과, 고창의 유치원 등지에서 자라나는 어린이 교육에 힘썼다.

그는 "왼팔은 조국을 위해 바쳤고 나머지 한 팔은 문맹자를 위해 바친다."는 신념으로 불구의 몸을 이끌고 헌신적인 삶을 살았다. 그러나 윤 열사에게 닥친 비극은 거기서 끝나지 않았다. 해방된 조국, 좌우 이념의 갈등 속에서 6·25 한국전쟁이 일어났다. 1950년 9월 28일 밤, 서울이 수복되자 퇴각에 나선 인민군은 윤형숙 열사를 비롯한 손양원 목사 등 기독교인을 포함한 양민 200여명을 여수시 둔덕동으로 끌고 가 학살했던 것이다.

윤형숙 열사 나이 50살, 어이없는 죽음이었다. 독립을 외치다 잃은 왼팔과 실명된 눈을 평생 끌어안고 어린이교육에 힘써온 윤 열사의 삶은 사후 63년이 지난 뒤에야 겨우 평가를 받게 되어 정부는 2003년 대통령표창을 추서하였다.

▲ 여수 이순신 공원에 있는 항일열사기념탑 부조에는 칼을 든 일본 순사 앞에 팔이 잘린 윤형숙 열사의 모습이 새겨져 있다.

그러나 윤 열사는 독신으로 삶을 마치는 바람에 훈장을 받을 가족이 없어 훈장은 안타깝게도 지금 여수시청 앞 게시판에 외롭게 걸려있다.

여수시에 있는 윤형숙 열사의 유적으로는 여수이순신공원(여수시 웅천동 산221) 내 여수항일독립운동기념탑이 서있는 곳의 벽에 새긴 부조(돌을새김 조각)를 들 수 있다. 이 부조에는 윤 열사의 잘린 팔이 뒹구는 가운데 만세운동을 하는 모습이 새겨져 있어 이곳을 찾는 많은 사람들의 심금을 울리고 있다.

"그 이름 석 자라도 기억하는 겨레가 되었으면 하는 바람" 을 가슴에 간직한 채 평생 고모님 윤형숙 열사의 삶을 알리기 위해 애쓰는 조카 윤치홍 씨 내외의 노고가 쌀쌀한 11월의 바람을 훈훈하게 해주는 시간이었다. 아, 남도의 유관순, 윤형숙 열사여!

〈이 글은 2017년 11월 20일 '신한국문화신문' 에 실은 기사임〉

▲ 윤형숙 열사에게 독립정신을 심어준 작은 아버지 윤자환 선생도 독립유공자로, 손자인 윤치홍 씨가 기념비 앞에 서있다

혈성애국단원 신념으로 조국 지킨

'이성완'

봄바람도 불지 않던
기미년 그해

빛마저 잃은
암흑 속의 조국
마주하고

열아홉 청춘 바쳐
죽음의
결사대장 되신 임이시여

임 계셔
광복의 꽃동산에
다시 부는 봄바람
따사롭기 그지없어라

이성완(李誠完, 1900. 12. 10 ~ 1992. 9. 8) 애국지사

▲ 이성완 지사

그토록 조국 광복을 위해
애국부인회 결사대장으로
꽃다운 젊음을 불사르며
여성운동에 여생을 바치시고
여기 고요히 잠드시니
그 불타는 조국애를 본받아
우리 대한 건아들이여
영원무궁 단결하세

–대전국립현충원 애국지사 제1묘역 416호, 이성완 지사 묘비석–

이성완 지사는 열아홉 살 되던, 1919년 6월 혈성단애국부인회에서 결사대장(決死隊長)으로 독립운동에 뛰어들었다. 정신여학교 출신인 이성완 지사는 동창인 장선희(정신여학교 교사), 이정숙(세브란스병원 간호사), 오현주(재령명신여학교 교사, 그러나 만세운동 이후 오현주는 변절하여 친일파로 돌아섬), 오현관(군산 메리블덴여학교 교사) 등과 함께 3·1만세운동으로 수감된 민족지도자들의 사식(교도소나 유치장에 갇힌 사람에게 사사로이 마련하여 들여보내는 음식)과 그 가족들의 생활을 돕고자 혈성단애국부인회를 만들었는데 이는 3·1만세운동 이후 생긴 첫 비밀여성단체 조직이다.

▲ 이성완 지사 무덤 국립대전현충원(애국지사 제1-416)에서 필자

이성완 지사는 1900년 12월 10일, 함경남도 정평군 풍흥리에서 아버지 이창욱과 어머니 전이용 사이에서 4남 2녀 가운데 둘째로 태어났다. 당시에는 아직 여성에게 교육의 기회를 주지 않을 때이지만 부모님은 어릴 때부터 집에서 천자문을 떼는 등 학업에 흥미를 보이는 딸에게 집 근처 영생소학교 2학년으로 편입시켰다. 워낙 머리가 뛰어난 어린 딸은 1년 만에 영생소학교를 졸업했다.

어머니는 영특한 딸을 집에서 먼 함흥 시내에 있는 영생고등소학교 2학년에 다시 편입 시켰다. 이후 보신여학교를 거쳐 명문인 정신여학교를 나왔는데 이곳에는 단천, 성진, 원산 등에서 뽑힌 6명이 유학생으로 들어와 모두 기숙사 생활을 했다. 당시 기숙사 사감은 독립운동가 김마리아 선생으로 이성완 지사는 김마리아 선생의 투철한 독립정신에 깊은 감화를 받았다.

이성완 지사는 애국부인회 활동을 하다 서대문 감옥에 수감되었으며 이후에도 정신여학교, 배화여학교에서 교사로 있으면서 두 번이나 수감되어 고문을 당하는 불행을 겪었다. 이성완 지사의 남편 차광은 선생도 독립운동가로 1990년에 건국훈장 애족장(1977년 대통령표창)을 추서 받았으며, 이성은 지사는 1990년에 건국훈장 애족장(1980년 대통령표창)을 수여받은 부부 독립운동가이다.

*이성완 지사의 살아생전 대담은 《한국여성독립운동사, 575~579쪽》 책에 생생하게 나와 있다. 이것은 이성완 지사가 생전에 한 대담으로 여기에는 자신이 간호사로 활동했다는 증언이 없으나 《간호사의 항일 구국운동, 101쪽》 에는 이성완 지사가 세브란스 간호사로 일했다는 1줄짜리 기록이 있다. 생전 대담에서 간호사로 일한 것을 구태여 밝히지 않을 까닭이 없음을 생각한다면 이성완 지사가 간호사로 활동했다는 이야기는 좀 더 확인해봐야 할 사항으로 생각된다. 따라서 필자는 이성완 지사 글에 간호사로 활동했다는 말을 쓰지 않았음을 밝힌다.

더보기 남편 차광은 지사, 원산 만세운동을 주도하다 〈1990년 건국훈장 애족장〉

차광은(車光恩,1898. 8. 14 ~ 1966. 3. 18.) 지사는 함경남도 원산 출신으로 1919년 3월 1일, 원산 장날을 이용하여 이가순·이순영·차용운·함하은·김기헌 등과 독립만세운동을 이끌었다.

이곳의 독립만세운동은 민족대표 33인 중 한 사람인 남촌동 남감리교회 목사 정춘수로부터 시작되었다. 정 목사는 서울의 오화영·신석구·이승훈·박희도와 연락하여 원산의 만세운동을 추진하였다. 정 목사는 자신이 민족대표로 서명한 뒤 귀향하여 거사 일을 기다리고 있었는데, 2월 23일 서울로부터 3월 1일 거사한다는 연락을 받고, 더 자세한 상황을 알기 위하여 27일에 곽명리를 서울로 보냈다.

그러나 곽명리로부터 연락이 없자, 28일 다시 차광은의 큰아버지인 차준승(車準繩)을 서울로 보내 암호 전보를 치기로 하였다. 한편 이들과 연락이 안 될 것을 대비하여, 이가순이 초안한 독립선언서를 그의 집에서 2천여 장을 등사하였다. 그러나 이날 늦게 오화영으로부터 서울의 독립선언서 3백여 장을 전해 받은 곽명리가 돌아왔다.

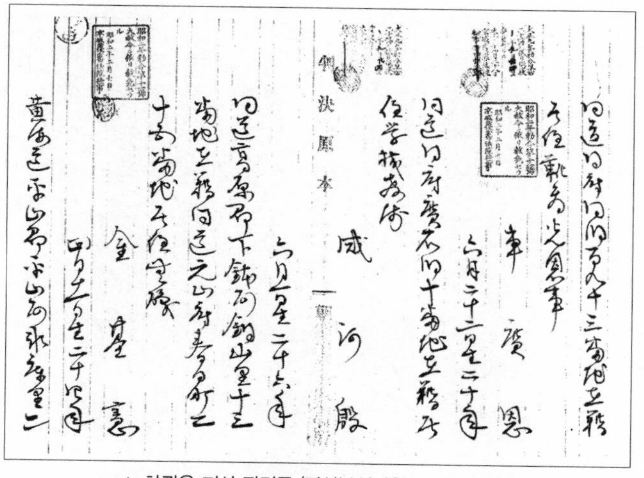

▲ 차광은 지사 판결문 (경성복심법원 1919. 5. 26.)

뒤이어 차준승에게서도 반가운 전보가 왔다. 이에 차광은 지사는 이날 밤 정춘수·이가순·이순영·차용운·김기헌·이진구·김장석·김계술·정연수·인이극·함태영 등 14명과 함께 진성여학교에서 만나 의논한 끝에, 서울에서와 같이 3월 1일에 독립만세 시위를 전개하기로 결정하고, 밤을 새워가며 태극기를 제작하였다.

시위방법으로는 13명의 주동자들이 시내 요소요소를 담당하기로 하고, 이날 자정에 이순영으로 하여금 함흥에 연락하도록 하였다. 3월 1일 낮 2시, 차광은 지사는 각 교회의 종소리를 신호로 13명의 주동자들과 함께, 시내 곳곳에서 독립선언서를 낭독하고 독립만세를 외치면서 장촌동 장터로 행진하였다.

다시 이곳에서 8백여 명의 시위군중과 함께 일본인 집단 거주지를 지나서 원산경찰서로 행진하였다. 이때 일본경찰·헌병·소방대가 출동하여 물감을 탄 물을 소방용 호스로 뿌리며 해산시키려 하였다.

그러나 시위군중이 이에 굴하지 않고 계속 만세시위를 벌이자 이번에는 공포를 쏘아서 저녁 6시 무렵 강제 해산하였다. 그 뒤 왜경은 옷에 물감이 묻은 사람을 집중적으로 잡아들였는데 이때 차광은 지사도 붙잡혔다. 그해 5월 26일 경성복심법원에서 이른바 보안법 및 출판법 위반 혐의로 1년 6월형을 받고 옥고를 치렀다.

정부에서는 고인의 공훈을 기려 1990년에 건국훈장 애족장(1977년 대통령표창)을 추서하였다.

중국 군인도 무서워 벌벌 떤 여자광복군

'이월봉'

황해도 황주 동천리 가녀린 소녀
만주 제제할제로 떠나던 날
집 뒷산 어여쁜 진달래꽃
화들짝 피어났지

숙부 손에 이끌려
유랑의 길 떠나갈 때
기다리는 건
혹독한 만주벌 시린 바람뿐

북풍한설 눈보라 속에서
용케도 살아남아
여자광복군 되던 날

뜨거운 조국애로
광복의 꽃송이 활짝 피우자고
다짐한 굳은 맹세

조국이여! 임의 다짐
잊지 말고 가슴에 새겨다오
잊지 말고 가슴에 새겨다오

이월봉 (李月峰, 1915. 2. 15. ~ 1977. 10. 28.) 애국지사

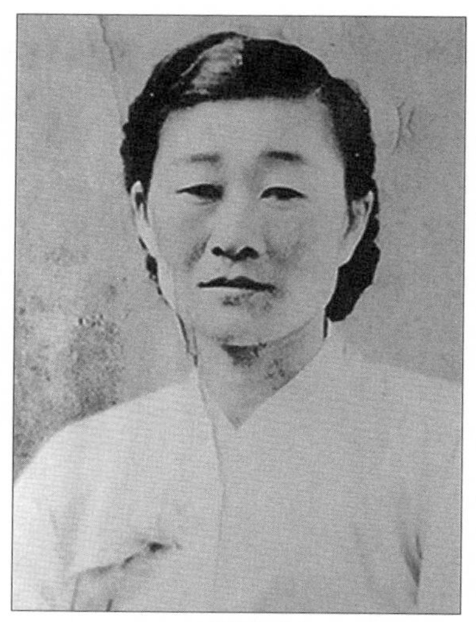

▲ 이월봉 지사

"고모님(이월봉 지사)은 참으로 깔끔하셨습니다. 우리 집에 오실 때면 언제나 조카들 옷가지를 말끔하게 빨아주셔서 또래 친구들로부터 부러움을 많이 샀지요. 고모님의 부지런하심은 아무도 따라가지 못할 정도였습니다."

이월봉 지사의 조카딸인 이춘화 씨는 그렇게 고모님 이월봉 지사를 회고했다. 이월봉 지사의 후손을 만나기 위해 2017년 11월 15일(수) 대구로 내려간 시각이 점심 무렵이라 우리는 먼저 식당으로 향했다. 이 자리에는 이월봉 지사의 아드님 이충국(58살) 씨와 조카따님 이춘화 씨, 그리고 서울에서 필자와 함께 동행한 최재형기념사업회 이사 문영숙 작가(이월봉 지사의 조카 며느님) 이렇게 넷이었다.

▲ 광복 뒤 이범석 장군 댁을 찾은 이월봉 지사(앞줄 오른쪽, 31살),
이범석 장군 부인 김마리아(앞줄 왼쪽), 뒤는 이범석 장군의 아들

얼큰한 아구찜을 시켜 놓고 음식이 나오는 동안 우리는 이월봉 지사의 독립운동에 관한 이야기를 자연스럽게 나누었다.

"어머님에 대한 이야기 가운데 가장 인상 깊은 이야기는 뭐니 뭐니 해도 1938년에 열린 중화민국대운동회를 들 수 있습니다. 이 운동회는 장개석이 장학량 군대에 감금된 뒤에 풀려난 것을 기념하기 위해 만든 대회로 이 대회에서 어머니는 여자의 몸으로 당당히 1등을 거머쥐었지요.

이 대회는 요즘으로 말하면 철인 5종 경기와 같은 것으로 장애물 뛰어 넘기, 산악 달리기 등 험난한 코스를 거쳐 산 정상에 펄럭이고 있는 중국국기를 뽑아 내려와야 하는 경기였습니다. 그런데 어머니가 수많은 남성들을 물리치고 산 정상에 1등으로 올랐지요. 그러나 국기를 지키고 있던 사람이 여자가 1등으로 올라왔다고 국기를 내주지 않는 것을 보고 어머니가 그 남자를 때려 눕히고 국기를 가지고 내려와 1등상을 받게 된 것입니다." 이충국 씨는 마치 현장을 본 것처럼 당시 이야기를 실감나게 들려주었다.

등치가 좋고 보통 남자들 보다 힘이 셌던 이월봉 지사의 고향은 황해도 황주군 황주면 동천리 402번지로 이 일대에서 부농이었던 아버지 이배근(李培根)과 어머니 문근(文根) 사이의 4남매 가운데 둘째딸로 태어났다. 아버지는 집에 일꾼 30명을 둘 정도의 부농이었으나 오래 경영하던 농장을 접고 상업의 길로 나가다가 잘못되어 집안이 파산의 길을 걷게 되었다. 이월봉 지사가 고향 동천리 보통학교 4학년에 다닐 때 일이다.

4학년을 마칠 무렵 집에 빚쟁이들이 들이 닥치자 숙부를 따라 이월봉 지사는 만주 제제할제라는 곳으로 떠나게 되었는데 그때부터 시련은 시작되었다. 부모형제들이 뿔뿔이 흩어진 가운데 숙부의 도움으로 낯선 곳에서 보통학교에 편입되어 1930년 12월 가까스로 졸업한 뒤 이내 생활전선에 뛰어 들었다

나이 15살 때 이월봉 지사는 천진(天津)의 한 백화점에서 점원으로 7년을 지내는 등 억척스럽게 일했다. 그러던 중 가깝게 지내던 조선인 동포로부터 한국광복군에 입대할 것을 권유받고 망설임 없이 즉석에서 승낙하기에 이른다. 이월봉 지사 22살 때의 일이다.

이월봉 지사는 중국 하남성의 한국청년전시공작대원이 되어 남자들과 똑같은 훈련과정을 거쳤다. "제가 워낙 힘이 좋고 건강한 편이어서 나중에는 오히려 남자들을 앞설 정도였어요. 180명이 함께 훈련을 받았는데 훈련성적은 5등 이내였습니다."

– 〈주간경향〉 1976년 2월 29일, 통권 374호, 대담 –

1938년 10월, 한국청년전시공작대원으로 동료 10여명과 황하

강변에서 일본군의 동태를 파악하던 이월봉 지사 일행은 그만 일본군에 포위되고 말았다. 하지만 죽음의 순간에도 침착하게 탈출에 성공하는 등 우여곡절을 겪었다. 1939년 12월 이월봉 지사는 중국군 중앙간부훈련소 학원반을 수료하여 대망의 한국광복군 제2지대 여군반장이 되었다. 계급은 소위였다.

"당시 광복군에 속한 여군들은 여자라고해서 특수한 임무가 주어지거나 하는 일은 전혀 없었습니다. 남자와 똑같은 일을 했지요. 토치카를 파면 같이 파고, 벽돌을 나르고, 모든 힘겨운 일을 그대로 해냈지요"
– 〈주간경향〉 1976년 2월 29일, 통권 374호, 대담 –

▲ 한국광복군제2지대 여군 반장 시절, 뒷줄 오른쪽 2번째

이월봉 지사는 1939년 9월 중국 서안 한국청년전시공작대입대(駐西安 韓國青年戰時工作隊入隊)를 시작으로 1940년 서안 한국광복군 제5지대입대(西安 韓國光復軍 제5支隊入隊), 1941년 중국전시 한청반 (中國戰時 韓靑班) 수료, 1942년 서안 한국

광복군 제2지대에 편입(西安 韓國光復軍 第2支隊編入)하여 활동하다가 광복을 맞은 이듬해인 1946년 6월 꿈에도 그리던 고국으로 돌아왔다.

그러나 사랑하는 가족의 일부가 북한 땅에 남아 있는데다가 광복군 시절의 동지들도 뿔뿔이 흩어졌다. 귀국할 때 31살의 노처녀로 혼기마저 놓쳐버려 평생 독신으로 살다 63살을 일기로 1977년에 생을 마감했다. 그러나 이월봉 지사는 남동생의 아들인 이충국을 양아들로 삼아 후손이 없는 자신의 뒤를 이어가게 했다.

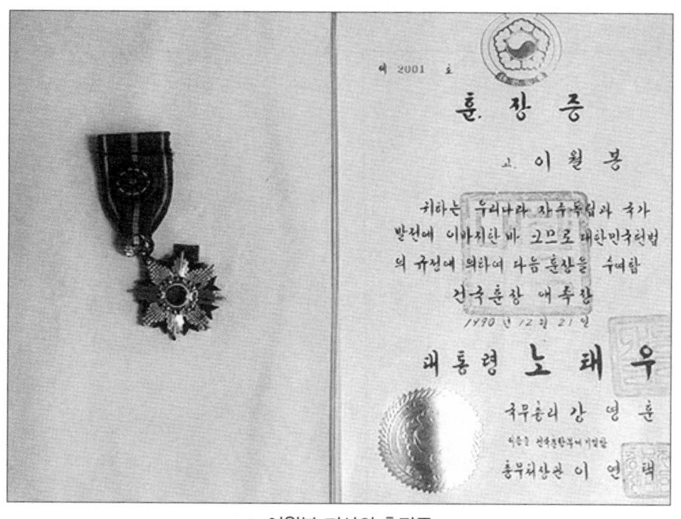
제 2001 호

훈 장 증

고 이 월 봉

귀하는 우리나라 자주독립과 국가 발전에 이바지한 바 크므로 대한민국헌법의 규정에 의하여 다음 훈장을 수여함

건국훈장 애족장

1990년 12월 21일

대통령 노 태 우

국무총리 강 영 훈

총무처장관 이 연 택

▲ 이월봉 지사의 훈장증

대구 시내에서 점심 식사를 마친 우리는 양아드님인 이충국 씨 집으로 옮겨 차를 마시면서 대담을 이어갔다. "제가 13살 때 일이었지요. 그땐 철이 없어 어머님의 독립운동을 잘 이해하지 못

했지만 커가면서 어머님이 광복군에서 활약했다는 사실에 존경심이 들었습니다. 지금은 어머님의 기일 때마다 제사를 모시면서 어머님이 그토록 그리워하고 사랑하시던 대한민국에서의 삶의 소중함을 되새기곤 합니다." 이충국 씨는 그렇게 어머님을 회상했다.

그리고는 벽에 걸린 어머니의 훈장을 내려 가슴에 꼭 안았다. 이국땅에서 독립을 위한 광복군에 투신하여 활동하다 혼기를 놓치고 평생을 독신으로 산 이월봉 지사지만 믿음직한 아드님이 있어 하늘나라에서라도 든든하실 것이란 생각이 들었다. 무엇보다 해마다 어머님의 제사를 잘 모시고 있다는 이야기에 코끝이 찡했다.

이월봉 지사는 독립운동의 공훈을 인정받아 1990년 국가로부터 건국훈장 애족장(1963년 대통령표창)을 추서 받았다. 이는 이월봉 지사가 숨진 뒤(1977년) 13년이 지난 때였다. 국가가 좀 더 일찍 독립운동 사실을 확인하여 살아생전에 서훈을 해 드렸으면 얼마나 좋았을까 하는 아쉬움이 남았다.

어머니의 활동 모습이 들어있는 광복군 제2지대 앨범과 이월봉 지사의 고향인《황주군지(黃州郡誌)》등의 책자를 빌려달라는 필자에게 선뜻 자료들을 건네면서 무겁다고 대구역까지 손수 운전하여 바래다주는 아드님과 칠순의 조카따님의 따스한 온기를 느끼며 씩씩한 광복군 여군, 이월봉 지사가 꿈꾸던 세상을 만들어 나가는 것이 후손된 우리의 몫처럼 여겨져 어깨가 무거웠다.

〈이 글은 2017년 12월 5일 '신한국문화신문' 에 실은 기사임〉

블라디보스톡 한인촌의 여장부

'이인순'

혹한의 땅 만주벌서 떠는
동포의 어린 영혼들
보듬으며 겨레 혼 심어주던 임

살 에이는 시베리아 시린 추위
견뎌내라 다독이던 임

어이타 스물일곱 꽃다운 나이에
이국땅서 숨져갔나요

블라디보스톡 한인촌에
혜성처럼 나타나
여장부의 푸른 꿈 내보이다가
활짝 펴지 못하고 떠나던 날

푸르던 하늘도 구슬퍼
핏빛 비를 뿌리었다네

이인순 (李仁橓, 1893 ~ 1919. 11.) 애국지사

이인순 지사는 동생 이의순 (1895. ~ 1945. 5. 8)과 함께 독립운동에 뛰어든 자매로 이들은 정부로부터 1995년에 건국훈장 애국장과 애족장을 나란히 추서 받았다. 이인순 지사는 대한민국임시정부에서 국무총리를 지낸 이동휘 선생(1873. 6. 20. ~ 1935. 1. 31.)의 맏딸로 1902년 아버지가 고향인 함경남도 단천에서 경기도 강화의 진위대장으로 활동하게 되자 할아버지 이발(李發), 동생 의순 등과 함께 서울로 이사와 자랐다.

이인순 지사가 13살이 되던 해인 1906년, 아버지가 강화보창여소학교(江華普昌女小學校)를 세우자 이 학교에 다녔다. 사실 아버지 이동휘가 군직(軍職)인 군위대장직을 버리고 이 학교를 세운 것은 조선인에게 계몽운동을 펼치기 위해서였다. 아버지는 한편으로 대한자강회(大韓自強會)의 결성에 관여하는 등 민족주의 교육과 구국, 계몽운동에 실천적 삶을 사신 분이다.

▲ 뒷줄 아버지 이동휘와 어머니 강정혜, 가운뎃줄 이인순, 이발(할아버지), 이의순, 이경순 맨 앞줄 동생 이우석

그러던 중 1907년 광무황제의 강제 퇴위와 군대 해산으로 대한제국이 사실상 식민지화하자, 아버지 이동휘는 동지였던 연기우·김동수 등과 함께 강화도에서 의병을 일으켜 투쟁할 것을 꾀했으나 광무황제의 헤이그밀사사건에 관련된 혐의로 왜경에 잡혀 옥고를 치렀다.

그러나 미국인 선교사 벙커의 주선으로 그 해 10월 석방되었다. 석방 뒤 1908년 1월 무렵 서북학회(西北學會) 창립에 관여하는 한편, 이동녕·안창호·양기탁·이갑 등과 더불어 비밀결사 조직인 신민회(新民會)를 만들어 계몽운동과 항일투쟁을 전개하던 중 1911년 이른바 105인 사건으로 함경도에서 또 다시 잡혀 황해도 무의도에 3년간 유배되었다.

아버지가 구국의 일념으로 활동하는 동안 이인순 지사는 한성연동정신학교(漢城連洞貞信學校)를 졸업한 뒤 17살의 나이로 함흥, 성진에서 교사로 활동하고 있었다.

1912년 가을 외국인 선교사의 도움으로 유배지를 간신히 탈출한 아버지는 북간도로 망명길에 올랐는데 이때 가족과 함께 이인순 지사도 중국으로 갔다. 아버지는 중국 연길의 국자가(局子街) 소영자(小營子)에서 김립(金立)·계봉우(桂奉瑀) 등과 더불어 광성학교(光成學校)를 설립하여 지속적으로 민족주의 교육활동을 전개하였으며 이인순 지사도 국자가의 조선여학교 교사로 일했다.

아버지의 영향을 받은 이인순 지사는 학생들에게 민족의식을 높이는 교육을 실천했다. 특히 여성교육에 힘쓰면서 아버지의 독립운동을 적극 지원하였고, 여성계의 의식 향상을 위해 힘썼다. 1918년 가을 가족들이 아버지를 따라 러시아 연해주 블라디보스톡 신한촌에 정착하게 되자, 이인순 지사 역시 남편 정창빈과 함께 블라디보스톡으로 이주하였다.

▲ 중국 연길 국자가(局子街) 소영자(小營子)는 여전히 소영촌이라는 이름으로 남아있다.
이인순 지사의 발자취를 찾아서 (2014. 9. 14)

낯선 땅으로 옮겨간 이인순 지사는 이곳에서 독립운동하는 아버지를 경제적으로 돕고자 작은 사업을 시작하였다. 그의 나이 27살 때 일이다. 그러나 3·1만세운동이 일어났던 그해 11월 유행하던 장티푸스에 걸려 사경을 헤매다 그만 숨을 거두고 말았다. 앞으로 아버지를 도와 독립의 선봉장이 될 인텔리 여성이 열악한 환경에서 병마를 만나 꿈을 접어야 했으니 이 보다 더 큰 불행한 일도 없을 것이다.

더욱 안타까운 일은 이인순 지사가 숨지고 나자 5살 난 아들 정광우마저 장티푸스로 숨진 사실이다. 그러나 더 큰 불행은 이들 두 모자의 죽음을 지켜보던 남편 정창빈 지사가 이를 비관하여 모자가 숨진 이듬해인 1920년 1월 27일 음독자살하였으니 참으로 이 보다 비극적인 일은 없을 것이다.

숨진 이인순 지사의 남편 정창빈 지사는 8살 때 손가락을 잘라 어머니를 구한 효자로 알려진 인물로 1907년 계봉우의 추천으로 신민회(新民會)에 가입하여 이동휘 휘하에서 활동하였다.

1911년 1월, 북간도로 망명하여 계림촌(鷄林村)에서 교사로 활동하였으며, 이어 1916년 12월에는 노령(露領) 연해주(沿海州) 도비허에 있는 화동학교에서 교사로 일하면서 재러동포 자제들의 민족의식 교육을 담당하였다. (1995년 대통령표창 추서)

한편, 27살로 요절한 이인순 지사의 죽음을 안타까워한 동포사회에서는 1920년 1월 17일 오후 2시 주 상해(駐上海) 대한애국부인회 주최로 작고한 이인순과 하란사·김경희 등의 추도식을 열었다. 이 때 내빈으로 참석한 이는 안창호·김립·윤현진 등 상해 인사 30여 명이었다. 러시아 땅에서 독립운동을 하다 숨진 이인순 지사를 상해에서 추도식을 열 정도로 이인순 지사는 동포사회에서 이름난 여성독립운동가였다.

정부에서는 고인의 공훈을 기려 1995년에 건국훈장 애족장을 추서하였다.

더보기

1) 이인순 지사 아버지는 대한민국임시정부 국무총리 이동휘 선생

“북간도 명동여학교는 학생이 60여명에 달하는데 각처에서 온 학생이 대부분이라 하며 학교 임원부형과 학생들이 열심히 공부하여 내년 봄에는 졸업생 몇 명이 나올거라 한다. 교사 이동휘 씨와 이납결, 정신태 씨가 교무를 전담함으로 날로 진취하더라."

이는 1913년 10월 3일치 〈신한민보〉 기사다. 1913년이면 이동휘 선생이 41살 때다. 상해로 북간도로 블라디보스톡으로 그야말로 이동휘 선생처럼 종횡무진 드넓은 중국땅을 섭렵하며 독립운동에 이바지한 분도 흔치 않을 것이다.

▲ 이인순 지사의 아버지 이동휘 선생의 강화진위대 시절 (앞줄 가운데)

이동휘 (李東輝, 1873. 6.20 ~ 1935. 1.31) 선생은 함경남도 단천 출신으로 8살 때부터 고향 대성재(大成齋)에서 한문을 수학하고 18살 때 상경하여 서울에서 이용익의 소개로 군관학교를 나와 육군 참령(參領, 지금의 소령)을 지냈다. 1907년 7월 한일신협약에 의해 한국군이 강제로 해산될 당시까지 참령으로 강화진위대(江華鎭衛隊)를 이끌어 왔다.

1908년 1월 서북학회(西北學會)를 창립하는 한편 이동녕·안창호·양기탁·이갑 등과 더불어 비밀결사 신민회를 조직하여 계몽운동과 항일투쟁을 폈으며 1912년 북간도로 망명한 그는 국자가(局子街) 소영자(小營子)에서 김립·계봉우 등과 더불어 광성학교(光成學校)를 설립하여 지속적으로 민족주의 교육활동을 펼쳤다.

1913년 러시아 연해주로 거점을 옮긴 뒤, 블라디보스톡의 신한촌을 중심으로 조직된 권업회(勸業會)에 가담하여 이상설·이갑·신채호·정재관 등과 함께 '독립전쟁론' 입각한 민족해방투쟁에 적극적으로 활동하였다.

1919년 8월 중국 상해로 건너가 대한민국임시정부 국무총리에 취임한 뒤 임시정부 내외의 동조세력을 규합, 사회주의운동 확산을 위해 전력을 기울였다. 이동휘 선생은 사회주의계열 독립운동가라는 이유 때문에 오랫동안 잊혀 왔으나, 1995년 대한민국 정부에서 '대한민국임시정부 국무총리' 를 인정하여 건국훈장 대통령장을 추서하였다.

2) 여성독립운동가 동생 이의순 (李義橓 1895. ~ 1945. 5. 8.)

"나는 여자지만 대한민족의 한 사람이며 남자와 동등한 권한이 있는 이상 일제의 국가 강탈 앞에 어찌 편안히 있겠는가? 해외에 있는 여자로서 어찌 수수방관하고 재가안락(在家安樂)을 탐하면서 행복하다 할 것인가? 나는 저 원수의 총검 아래서 국가를 위하여 생명을 희생하는 것을 나의 행복이라고 믿는 사람이다."

이는 이의순 지사가 1919년 8월 29일 블라디보스톡 신한촌에서 열린 국치일 기념식장에서 한 연설의 일부다. 이의순 지사는 이동휘 선생의 둘째딸로 간도 명동여학교 교사로 활동하다 블라디보스톡의 신한촌으로 건너가 삼일여학교 교사로 활동하였다.

이날 국치일 기념식에는 박은식 선생을 비롯하여 할아버지인 이발, 남편인 오영선 지사의 연설이 있었고 그 뒤를 이어 이의순 지사가 열변을 토하는 애국 강연을 한 것이다.

이의순 지사는 명 웅변가였다. 그는 1920년 3월 1일 블라디보스톡에서 열린 제1회 삼일절 기념식장에서 다음과 같은 연설로 기념식에 모인 사람들을 감동시켰다.

"본인은 태극기 뒷면에 자유라고 써서 숨겨 가지고 나왔습니다. 우리 민족은 10년간 자유를 잃었지만 오늘 비로소 자유를 회복하였습니다. 이 태극기는 10년간 동해의 물에 빠져 있었지만 오늘 드디어 건져 올렸습니다. 자유를 얻은 오늘 지난 1년을 회고하면 우리는 과연 무슨 일을 이룩했는지 반성하게 됩니다. 내년의 오늘은 마땅히 진정한 독립기념식을 엽시다."

이의순 지사는 독립투사인 아버지 이동휘를 따라 윤동주의 고향인 용정으로 건너가 명동여학교에서 교편을 잡았다. 남편은 상해지역의 독립운동가 오영선(吳永善) 지사이며 언니인 이인순도 독립운동에 가담한 온가족 독립운동가 집안이다.

▲ 이의순(왼쪽) 오영선 부부 독립운동가 가족

이의순 지사는 1902년 무렵 아버지가 경기도 강화도 진위대장으로 활동하게 되자 할아버지 이발(李發), 언니 인순(仁橓) 등과 함께 7살의 나이에 서울로 올라와 자랐다. 15살 되던 해인 1911년 가을, 서울을 떠나 성진에서 살다가 아버지가 만주로 망명하자 함께 두만강을 건너 국자가(局子街, 현 연길시)로 이주하였다.

국자가로 이주하던 해에 윤동주의 고향인 화룡현(和龍縣) 명동촌(明東村)에 세운 민족학교인 명동여학교의 교사가 되어 학생들에게 민족의식을 높이는데 앞장섰다. 이 무렵 근방의 마을마다 야학을 설치하여 운영하는 한편, 부흥사경회(復興査經會)도 열어 간도지역 여성 민족교육의 발전에 크게 이바지했다.

24살 되던 1918년 가을 아버지의 지시에 따라 블라디보스톡으로 이주한 이의순 애국지사는 그곳 신한촌(新韓村) 삼일여학교에서 교사로 활동하면서 당시 이곳의 애국지사 채성하(蔡聖河)의 맏딸 채계복(蔡啓福)과 함께 애국부인회를 조직하여 회장으로 활동하였다.

1919년 10월 당시 회원은 50명이었다. 한편 그는 앞으로 독립전쟁에서 활동할 간호부 양성을 위하여 적십자회를 조직하여 활동하기도 하였다. 1919년 아버지가 상해로 가서 임시정부에 참여하게 되자 이의순 지사는 1920년 할아버지 이발과 상해로 이주하였으며, 그곳에서 오영선 동지와 결혼하였다.

그 뒤 아버지가 임시정부를 떠나 다시 블라디보스톡으로 돌아갔지만 그는 상해에 계속 남아 독립운동을 펼쳤다. 1930년 8월 11일 이의순 지사는 인성학교(仁成學校) 교장 김두봉의 처 조봉원 등과 함께 기존의 여성단체 조직인 상해한인부인회를 개조하여 보다 급진적인 조직인 상해한인여성동맹을 만들고자 하였다. 그러나 이것이 상해지역 여성조직의 분열을 가져온다는 의견이 있어 백범 김구 등의 중재로 젊은 여성들을 중심으로 상해여자청년회를 조직하였는데 이 때 창립대회 준비위원으로 활동하는 등 조국의 독립을 위해 평생 헌신하는 삶을 살았다.

정부에서는 고인의 공훈을 기려 1995년에 건국훈장 애국장을 추서하였다.

*이의순 지사에 관한 이야기는 졸저《서간도에 들꽃 피다》〈5권〉에서 자세히 다룸.

3) 블라디보스톡에서 대한국민회 회장으로 활동한 할아버지 이발 (李發)

이인순 지사의 할아버지 이발(李發, 1851 ~ 1928. 5. 6) 선생은 한학에 밝았으며 서울에서 보성각에 취직하여 새로 창립된 신학교의 한문교과서를 친히 편집, 발행하였다. 1912년 아들 이동휘가 간도로 망명을 하게 되자 함께 이주하여 한때 왕청현(汪淸縣) 하마탕의 조선인 마을에 살았다.

이후 블라디보스톡으로 이주하였으며 1919년 3·1만세운동 이후 블라디보스톡에서 46살 이상의 남녀를 중심으로 독립운동을 원조할 목적으로 김치보·윤여옥 등과 함께 노인단(老人團)을 조직하였다. 그리고 노인단의 비밀회의에서 자신의 결심의지를 다음과 같이 발표하였다.

"나는 지금 70이 가까운 노인으로 죽는 것이 두렵지 않으며, 우리나라에서 일어난 독립운동과 우리민족의 애국심을 더욱 고취시키기 위하여 조선 내지에 나가서 다시 한 번 더 대한독립만세를 부르며, 민중을 격동시키며, 애국심을 고취하는 선동, 선전하는 선포문을 민중 대중 속에 선포하겠다." 고 하여 이에 노인단에서 찬동하여 서울로 향하였다.

1919년 5월 31일 아침 동지 4명과 함께 노인단의 대표로 경성으로 올라와 종로 보신각 앞에서 각자 간직한 태극기를 휘두르며 만세를 불렀다.

1920년 3월 1일 블라디보스톡에서 대한국민회 회장으로 뽑혔으며 3·1기념식전에서 재러시아 동포들의 민족의식을 높이는데 온힘을 쏟았다. 1928년 5월 6일 블라디보스톡에서 77살을 일기로 숨을 거두었다. 숨이 넘어가면서도 대한독립만세를 유서로 남겼으며, 이 유서는 〈선봉신문〉 1928년 5월 6일치에 실렸다.

정부에서는 고인의 공훈을 기려 1995년에 건국훈장 애국장을 추서하였다.

잠자던 조선여성 일깨운

'이혜경'

절치하라
민족을 위해 담대하라고
외치던 임은
장한 투사였소이다

저들의 침략으로
마비된 조국의 심장을
구하기 위해

잠자던 조선여성 일깨워
선봉장으로 뛰던 임은
진정한 용사였소이다

담대함과 강인함으로
구국의 물꼬를 튼 임은

조선여성의
위대한 본보기였소이다

*절치(切齒) : 분하여 이를 갈다

이혜경(李惠卿, 1889. 2. 2 ~ 1968. 2. 10.) 애국지사

"이혜경은 '대조선독립애국부인회' 를 조직하여 임원이 되어 활동하였고, '애국부인회' 로 변경한 뒤 독립자금을 모금하였다."

이는 1920년 6월 29일, 대구지방법원에서 이혜경 지사에게 내린 판결문 가운데 사건 개요의 일부다. 조선총독부 소속 판사 다나카 신스케(田中信助) 등 3명이 일본어로 갈겨쓴 판결문에는 이혜경 지사를 비롯한 애국부인회 임원들의 일거수일투족이 기록되어 있다.

특히 일제 판사들은 국치일 10년을 맞이하여 이혜경 지사 등이 "국치기념경고문" 을 작성하여 독립정신을 높인데 대하여 그 내용을 판결문에 상세히 적고 이것이 큰 죄악이라고 강변하고 있다. 이혜경 지사 등이 부르짖은 "국치기념경고문" 의 일부를 보면, "신성한 우리 형제자매는 오늘을 기억해야 한다. 저들이 무력으로 우리 정부의 외교권을 박탈한 이래 수다한 침탈을 가했다. 10년 전 오늘 8월 29일 우리 민족의 중추기관은 아루 아침에 중단되었다. 절치(切齒 : 분하여 이를 갈다)하라. 담대하라.(중간줄임). 우리 민족은 이 기념일에 대한민국 만세를 삼창하라." 는 내용으로 되어있다.

일제 판사들은 이러한 독립사상을 퍼뜨리는 조선인을 가려내는데 혈안이 되어 있었던 것이다. 이혜경 지사는 대한민국애국부인회에서 활약한 죄로 징역 1년을 언도 받고 옥고를 치러야 했다.

함경남도 원산이 고향인 이혜경 지사는 1889년 2월 2일 아버지 이창직과 어머니 안재은 사이의 5남매 가운데 셋째 딸로 태어났다. 아버지는 한학에 뛰어난 실력을 가진 분이었지만 신학문에도 조예가 깊어 캐나다 출신 선교사 게일(James Gale)과 성서

번역을 비롯하여 《천로역정》 등의 번역을 함께하였다.

1899년 선교사 게일이 서울연동교회 목사가 되자 이혜경 지사 가족도 서울로 이사하여 언니 이원경과 함께 사립 연동학교(정신여학교 전신)에 입학했다. 일찍이 아버지는 딸에게도 신학문을 가르쳐야 한다는 생각이었기에 이혜경 지사는 연동학교를 마치고 일본으로 유학하여 1910년 도쿄여자학원 영문과를 졸업했다.

그 뒤 모교인 정신여학교에서 교편을 잡은 이래 함흥 영생여학교, 성진 보신학교 등에서 재직하다가 원산의 마르다윌슨신학교 교수로 후학 교육에 힘썼다.

이혜경 지사가 마르다윌슨신학교 교수로 재직할 무렵 서울에서 3·1만세운동 소식이 들려왔다. 이에 원산에서는 이혜경 지사가 연락책으로 참여하였다. 당시 세브란스의학전문학교 학생 김성국이 민족대표 33인의 한 사람인 이갑성으로부터 받은 독립선언서 2통을 이혜경 지사가 받아 각각 정춘수 목사와 원산 배성학교 교장 이가순에게 비밀리에 전달하였다.

3월 1일을 기해 원산 장날에 일어난 3·1만세운동은 함경남도 각 지역의 만세시위를 촉발시키는 중요한 계기가 되었다. 이혜경 지사의 막내 동생 이훈규는 당시 여주와 이천의 만세시위를 주도하다가 잡혀 순국의 길을 걸었다.

3·1만세운동이 일어나던 그해 3월 중순, 투옥지사에 대한 옥바라지를 목적으로 오현주·오현관·이정숙 등이 혈성단부인회를 조직, 활동하였다. 4월에는 최숙자·김희옥 등이 대조선독립애국부인회를 조직하였다. 이 두 조직은 그 해 6월 임시정부에 대한 군자금 지원을 위해 통합하였다.

▲ 대한민국애국부인회 앞줄 왼쪽에서 3번째가 이혜경 지사

통합된 조직은 지방에 다수의 지부까지 두었으나 활약이 부진하자, 김마리아와 간부들은 발전적 해체를 통한 재조직에 의견일치를 보았다. 이에 17명이 김마리아와 장시간의 비밀회의 끝에 새로운 대한민국애국부인회를 탄생시켰다.

애국부인회는 서울에 본부를, 지방에 지부를 조직하고 본부 부서를 크게 개편하였다. 예전의 애국부인회는 군자금 모금과 송달을 최대 임무로 여겨 재무부장·재무주임의 직을 두어 주력하였다. 그러나 새로 탄생한 애국부인회에는 예전에 없던 적십자부장과 결사부장을 각 2명씩 두어 항일독립전쟁에 임할 철저한 자세를 갖추었다.

본부 부서에는 회장 김마리아, 부회장 이혜경, 총무 황에스터, 재무장 장선희, 적십자부장 이정숙·윤진수, 결사부장 백신영·이성완, 교제부장 오현주, 서기 신의경, 부서기 김영순 등이 활약했다.

애국부인회는 민주주의 이념의 확고한 기초 위에서 항일여성 운동을 추진하였으며 두 달 만에 백 수십 명의 회원을 모았는데 교회지도급 여성과 여교사·간호원 등이 주축을 이루었다. 애국부인회 활동이 활발히 추진되던 그 해 11월말 한 간부의 배신으로 서울과 지방의 간부와 회원들이 경상북도 고등계 형사들에 의해 일제히 잡혀가 대구경찰에서 취조를 받았다.

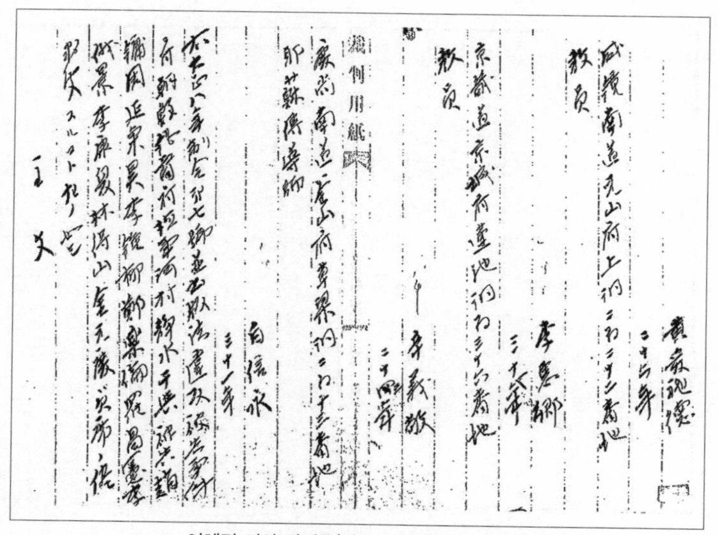
裁判用紙

▲ 이혜경 지사 판결문(대구지방법원 1920. 6. 29.)

취조를 받은 사람은 52명이었으며, 그 가운데 43명은 불기소로 풀려나고 김마리아, 이혜경 등 9명이 기소되었다. 이혜경 지사는 2년 가까이 미결수로 있다가 재판에서 징역 1년형을 선고받고, 1921년 출옥 뒤 원산 마르다윌슨신학교에 복직하였다. 이후 김성국과 결혼하여 대구에 거주하면서 교회와 사회봉사로 일생을 보내다 1968년 2월 10일, 80살을 일기로 생을 마감했다.

1990년 정부에서는 이혜경 지사의 공훈을 기려 건국훈장 애국장을 추서하였다.

더보기 감옥에 잡혀간 여성들의 끔찍한 고문 실상

"강서군 증산 지회장 송성겸은 1920년 여름 연합회 본부 총재 오신도(1852~1933, 2006, 애족장)와 함께 그 지방에서 돈을 거두어 임시정부 연락원 김순일에게 전달하려다가 항상 그녀를 감시하던 일본 형사에게 꼬리가 잡혀 10월 15일 체포되었다.

송성겸은 40대 가정부인으로 매우 열성적이었으며 혹독한 고문에 못 이겨 애국부인회 각 지부별 책임자들을 아는 대로 불게 되었다. 최매지(1896~1983, 1990, 애국장)의 말에 따르면 송성겸을 거꾸로 매달고 콧구멍으로 물을 부은 것은 오히려 약과요, 알몸뚱이로 벗겨 벌렁 뉘어놓고 국부를 몽둥이로 쑤시는 악형을 주어 자백을 받았다. 토설하는 대로 그 사람을 붙잡아다가 고문을 하여서 그의 말이 떨어지기가 무섭게 또 다른 사람을 체포할 뿐 아니라 유도심문을 해서 억측으로 애꿎은 사람에게 해를 입히기도 하였다.

옛 말에 이른바 감나무에 연 걸리듯 한다더니 학교나 교회직원은 물론이요, 당시 성명 석자만 어엿이 가진 여자라면 한 번씩 연행을 당했다. 그때만 해도 자기 이름이 없는 여자가 많았던 것이다.

60 노인인 오신도도 담배물부리를 손가락 사이에 끼우고 비트는 바람에 손가락뼈가 부러졌고, 최매지 자신도 억센 손바닥으로 수없이 맞아 뺨이 벌겋게 부어오르고 무지한 구둣발로 옆구리를 걷어 채이고 이놈 저놈이 몰매를 때려도 진남포에서 애국부인회 가입한 사람은 오직 나 혼자뿐이라고 종래 버티었다.(가운데 줄임)

왜놈들의 잔인한 근성은 당사자들에게 갖가지 잔인한 고문을 하고도 모자라서 다른 사람이 당하는 고문을 보여줌으로써 그들이 심적 고통을 더하게 하는 위협까지 가하였다. 놈들은 그런 일을 취미처럼 여기고 통쾌감을 느꼈던 모양이다.

박현숙, 박승일은 결박을 지어 마주 건너다보게 세워놓고 채찍으로 갈리는가 하면 김용복은 몸을 간질이고 꼬집고 때리고 실랑이를 쳐서 치마허리가 떨어지고 의복이 갈갈이 찢어져 몸 수습을 못하게 만들어 놓았으며, 박정석은 머리채를 끄들르고 얼마나 몹시 때렸는지 기절하여 넘어진 것을 죽은 개 끌고 가듯 질질 끌어다가 마룻바닥에 뉘여 놓은 것을 수족을 주무르고 미음을 펴 넣어서 오랜 시간을 경과한 뒤에야 소생시켰다는 것이다."

– 《최은희 전집》 3, 141~145쪽, 대한애국부인회의 활동 가운데 –

뼈가 으스러지는 고문 속에서도 독립을 외친

'조애실'

임이 떠난 그날도 흰 눈이 소복이 내리었습니까?
임이 한평생 의지하던 송암교회 찾아가던 날
나는 임이 가시던 1월 7일을 떠올렸습니다

왜경이 가한 모진 고문으로
생사의 경계를 넘나들며 괴롭혔을
그 병마를 잊기 위해

한 줌의 자살 약을 품에 안고
살아야했던 혹독한 세월을
임은 어찌 참아내셨단 말입니까?

뼈마디가 으스러지는 고통 속에서도
조국광복 위해 이를 악물어야했던
임의 숭고한 조국애 앞에

오늘도 하늘은 희고 고운 눈 뿌려
임 가신 그 길을 밝혀주고 있습니다

조애실(趙愛實, 1920. 11. 17. ~ 1998. 1. 7.) 애국지사

▲ 조애실 지사

"조애실 장로님은 제가 잘 압니다. 후손은 없으시지만 송암교회에 다니셨으니 교회에 오시면 자료를 드리겠습니다." 수유리 송암교회 이규남 장로와 통화를 마치고 조애실 지사에 대한 이야기를 듣고자 2017년 12월 10일(일요일) 송암교회를 찾아간 날은 아침부터 흰 눈이 펑펑 내렸다.

이규남 장로는 12시가 넘으면 예배가 끝나니 그 시각에 맞춰 오면 좋겠다고 했지만 전화를 끊고 나니 조애실 지사가 오랫동안 다니던 교회로 찾아가는 것이니만치 예배에 참석하는 게 좋겠다 싶어 눈 속을 뚫고 2부 예배가 시작되는 오전 11시에 도착했다.

독실한 기독교 신자였던 조애실 지사는 1965년부터 1998년 1

월 7일 78살로 숨을 거두는 날까지 33년간 수유리 송암교회에 다녔다. 한국기독교장로회 소속의 송암교회(현 담임목사, 김정곤)는 1962년 한국신학대학 강의실에서 교수와 직원들 그리고 그 가족들이 모여 만든 교회로 조애실 지사는 초창기부터 어머니와 함께 송암교회에 다녔다.

평생 독신으로 살다 간 조애실 지사에게 있어 교회는 친정과 같은 곳이었을지 모른다. 인생 후반기에 원로장로로 추대되어 그 누구보다도 봉사활동에 앞장섰던 조애실 지사의 숨결을 송암교회 곳곳에서 느낄 수 있었다.

나는 기독교 신자는 아니지만 교회를 찾은 이날 2부 예배가 시작되는 송암교회 2층 예배당 구석에 앉아 교인들이 부르는 찬송가와 목사님의 설교를 들었다. 예배당은 2층과 3층으로 탁 터진 구조였는데 어림잡아 200여명 가까운 신자들이 주일예배에 참석했다.

조애실 지사는 평생 동안 주일이면 가장 먼저 예배당에 나와 한 번도 거르지 않고 성전의 촛불을 켰다고 한다. 빼앗긴 조국의 암울한 현실에 안주하지 않고 민족혼을 심는 일에 앞장서다 왜경에 잡혀 뼈가 부스러지고 살점이 튕겨나가는 고문 속에서도 희망의 끈을 놓지 않았던 그 마음으로 촛불을 밝혔으리라. 예배당을 찾은 날에도 성전에는 촛불이 주변을 밝히고 있었다.

예배가 끝나자마자 조애실 지사의 이야기를 들려주기로 한 이규남 장로와 만났다. 나는 대뜸 첫 질문을 건넸다.

"조애실 지사님은 돌아가시기 전에 건강은 나쁘지 않으셨나요?"

그런데 나중에 알고 보니 그건 너무나 철없는 질문이었다.

“말도 마세요. 독립운동 당시 형무소에서 받은 고문으로 평생 병을 달고 사셨습니다. 그 고통은 아무도 모를 겁니다. 너무나 큰 고통의 시간을 보내셨지요.” 이규남 장로는 그렇게 말하면서 조애실 지사가 쓴 두 권의 책과 자신이 집필한 667쪽의 교회 역사책《송암교회 1962년부터 44년사, 2006》을 한 권 건네주었다. 조애실 지사의 책은 자전적 수상집(隨想集)《차라리 통곡이기를》과 시집《출범(出帆)》이었다.

▲ 조애실 지사는 독립운동 하던 시절의 이야기를 시집《출범》과 수필집《차라리 통곡이기를》에 남겼다

여기 애원이 있습니다.
움직일 수 없는 몸부림이 있습니다.
여기 결박이 있습니다.
주님을 생각할 틈을 주지 않는
말씀을 귀 담을 수 없는
병마의 결박이 있습니다.

이 한 알의 약에다 당신의
피묻은 자비의 손 얹으사
효험을 주옵소서 (뒷줄임)

–조애실 시집 《출범》 (1979) '차라리 통곡이기를' 가운데–

얼마나 육신의 고통이 컸으면 이러한 시를 썼을까? 조애실 지사가 평생 육신의 병마와 싸우면서 지낼 수밖에 없던 일은 그의 자서전에 1점 1획도 틀리지 않게 기록되어 있었다.

"이봐 조애실...너, 너무도 똑똑하고 지독한 년이다. 하루에 담배 한 갑 태우던 내가 네년을 조사하면서 매일 두 갑씩이야! 묻는 말 이외는 입을 다문 채 귓구멍으로는 국어(일본말)를 들으면서 답은 조선말로 하는 걸 보니 지독한 년이군. 너의 외가는 경상도고 친가는 함경도라서 기질이 세찬 부모들 사이에 태어났으니 짐작은 간다마는 안 될 일이지, 천하장사도 고문을 견뎌내진 못했으니까...(가운데 줄임) 이런 짓 저질러 놓고 서울로 도망쳐 와서 겁도 없이 또 〈비밀독서회〉를 조직해? 앙큼하고 지독한 년 같으니..." 《차라리 통곡이기를》 (1977, 조애실 수상집, 41쪽 '나의 옥중기' 가운데)

나는 피를 토하며 적어 내려간 조애실 지사의 책을 차마 다 읽어내려 갈 수 없었다. 특히 다음 대목에서는 나도 모르게 주먹이 쥐어졌다.

"분하다. 옷을 입고 고문을 당해도 분한데 갓 스물이 조금 넘은 박 속 같은 알몸을 불구대천지 놈들 앞에서 드러낸 자체만도 입술을 깨물고 죽고 싶은 치욕이었다"

《차라리 통곡 이기를》 (1977, 조애실 수상집, 38쪽 '나의 옥중기' 가운데)

조애실 지사는 불구대천의 왜놈순사 앞에서 알몸으로 극한 고문을 받았다. 특히 알몸으로 〈비행기 1호〉라는 이름의 극심한 고문을 받으며 조애실 지사는 죽음 직전까지 갔다고 술회했다. 온몸을 나무에 묶어 놓고 비틀어 버려 뼈가 살에서 튕겨 나오는 고문 속에서도 조애실 지사는 정신을 놓지 않았다.

"하나님 아버지, 나라를 사랑한 죄, 민족을 사랑한 죄, 이것 밖에 여기서 악형을 당할 이유가 아무것도 없습니다. 다니엘이 사자굴에서 죽지 않았듯이 앞으로 어떤 고문이 닥치더라도 버틸 수 있는 힘을 제게 주옵소서"

《차라리 통곡 이기를》(1977, 조애실 수상집, 38쪽 '나의 옥중기' 가운데)

조애실 지사가 고문으로 평생 당한 고통을 이겨낸 의지는 신앙의 힘이었음을 어렴풋이 느낄 수 있었다.

함경북도 길주(吉州)가 고향인 조애실 지사는 운수업을 하는 아버지와 바이올린 솜씨가 뛰어난 어머니를 둔 당시로서는 상당한 인텔리 집안의 딸이었다. 경성 유학을 마칠 정도로 아버지는 깨어있는 분이었다. 특히 외할아버지는 조정의 문관 출신으로 당시 이완용의 악행을 임금께 직소하였는데 결국 그것이 화근이 되어 이완용 일파에 의해 강화도 유배 길에 올라야 했고 가족은 함경도로 쫓겨나는 신세가 되어 버렸다.

어머니 김영순(金永順) 여사 역시 길주의 만세운동에 앞장섰던 분이다. "함경북도 길주의 3·1운동 만세편을 보면 17살의 규수 김영순이 수백 명 만세대열에 앞장섰다가 일본헌병이 권총을 발사하는 것을 간신히 피해 마방집 말을 풀어 타고 산으로 도망쳤다. 이는 옛날 서부활극 같은 장면이다. 바로 그녀의 핏줄을 타고 그 투쟁정신을 이어 받은 정렬의 여인이 조애실이다."

–《조국을 찾기까지》하, 최은희 지음 '한국여성활동비화' 가운데 –

한국 최초의 여기자 최은희 선생은 조애실 지사와 그의 어머니 김영순을 그렇게 썼다. 조애실 지사의 어머니 김영순 여사는 당시 처녀의 몸으로 만세운동을 하다 쫓기는 몸이 되자 마방집 말을 타고 깊은 산속으로 숨어들었다. 추위와 굶주림 속에 놓여있을 때 조애실 지사의 할머니는 자신의 딸 김영순을 찾아주는 사람이 총각인 경우에는 딸과 결혼 시킬 것이며 이미 결혼한 사람이라면 재산의 절반을 주겠다는 방을 내걸었다.

▲ 어머니와 다정한 한때의 조애실 지사 (3·1여성동지회 제공)

그렇게 해서 마방집 아들 조창길(趙昌吉)은 산속을 뒤져 다 죽어가는 김영순 처녀를 찾아내어 결혼을 하고 조애실 지사를 낳은 것이었다. 어렸을 때부터 독립운동 집안에서 성장한 조애실 지사는 1932년 명천읍(明川邑) 보통학교(공립초등학교)를 졸업했다. 조애실 지사는 스무 살 무렵인 1940년 1월 중순 함경북도 아오지(阿吾地)탄광의 광산촌에 거주하면서 야학을 세워 부녀자들에게 문맹퇴치와 민족의식을 높이는데 힘을 쏟았다.

그가 광산촌으로 들어가게 된 계기는 호남지방에서 탄광촌으로 이주하는 동포들을 만나면서 부터였다. 그들이 일본 헌병에게 노예 취급 받으며 짐승처럼 끌려가는 모습을 보고 끓어오르는 분노를 참을 수 없어 '동포들의 눈을 뜨게 하자, 귀를 열어주자, 그렇게 얻어맞아 가면서도 호소할 곳이 없는 저들을 무지와

천대와 기근에서 건지자' 는 각오로 탄광촌에 들어가 야학을 시작한 것이다.

그러나 민족혼을 심고자 부녀자들을 모아 한글과 역사 공부를 시작하는 일은 결코 쉬운 일이 아니었다. 왜경의 끊임없는 감시망을 피하지 못한 조애실 지사는 아오지 탄광에서 부녀자들을 가르친다는 이유로 1941년 3월 왜경에 잡혀 3달 동안이나 혹독한 고문을 당하게 된다. 아오지 경찰서 유치장에 끌려간 조애실 지사는 일본인 형사의 심문을 받아야했다.

"평양전도대의 한사람이냐?"
"아니다"
"사회주의자냐?
"아니다"
"너의 배후에는 어느 교회, 아니면 무슨 애국단체가 있어 너를 돌봐주고 있는 게 맞지?"
"아니다. 나는 나 혼자 자비로 학용품을 사서 문맹퇴치를 하고 있다"
"당치않다. 어린 네가 혼자했다는 말을 누가 믿냐. 어서 배후를 대라"

일본인 형사들은 조애실 지사가 배후 없이 혼자 야학을 한다는 말을 곧이듣지 않고 여러 날을 굶기고 심한 매질을 해댔다. 열악한 유치장에는 날파리가 새까맣게 얼굴에 달라붙는데다가 물이 오염되었는지 심한 설사까지 겹쳐 조애실 지사는 사경을 헤매고 있었다. 그러자 왜놈 형사들은 조애실 지사가 장티푸스에 걸린 줄 알고 전염될까봐 조애실 지사를 방치해놓은 틈을 타 구사일생으로 도망쳐 나와 살아났다.

그 뒤 1년 동안 몸을 추스른 조애실 지사는 왜경의 감시를 피해 1942년 경성(서울)으로 올라왔다. 그러나 서울은 생면부지의 땅으로 아는 사람이 한사람도 없는 상황이었다. 당장 먹고 잘 곳도 없는 상황에서 그가 찾아간 곳은 교회였다. 조애실 지사는 서울 독립문성결교회에서 또 다시 〈기독학생 비밀독서회〉를 조직했다. 아오지 탄광에서 조선인에게 한글을 가르치면서 빼앗긴 나라를 되찾고자 길러주던 민족혼과 애국사상 교육을 멈출 수는 없는 일이었다.

조애실 지사는 전영신 등 부녀자들에게 한국인으로 태어나서 그 역사와 글자를 모르는 것은 슬픈 일이라고 하며하며《단종애사》,《이차돈의 죽음》과 같은 책을 통해 민족의식을 심어 나갔다.

특히 일본어 상용이 강요되고 있는 상황에서 한글을 못 읽고 한국말을 못한다면 한국인으로서 부끄러운 일이니 한국어를 배워야한다고 하면서 비밀독서회와 한글교육을 재개하다가 또 다시 왜경에 잡혀 1945년 4월 26일 경성지방법원에서 이른바 치안유지법 위반으로 징역 2년, 집행유예 4년형을 언도받았다.

다행히 몇 달 뒤에 광복을 맞아 풀려나긴 했지만 감옥에서 받은 고문은 평생 그를 괴롭혔다. 조애실 지사는 항상 몸에 자살을 위한 약을 가지고 다녔다고 한다. 얼마나 육신의 고통이 심했으면 차라리 죽음으로써 고통을 잊으려고 했을까? 하지만 그러한 육신의 고통을 견디게 한 것은 신앙의 힘이었다고 그는 고백하고 있다.

광복 뒤에 조애실 지사는 백범 김구 선생이 주도한 "한보사"에 입사하여 문화부 기자 생활을 시작하였다. 이때에 시 〈새벽시단〉으로 문단에 데뷔한 이래 52년간 시인으로 활약했다. 그러나 그의 시는 여느 시인들이 소재로 삼는 것과는 다른 것이었다. 그건 그의 고백에서도 드러난다.

"무슨 해명이 필요할까마는 이미 흘러간 시공 속에 시대적 배경이 반영되어 있어 나의 생애에는 8·15해방 전후와 6·25 동란의 글들을 빼놓으면 아무 것도 없다." – 조애실 시집《출범》, 후기 130쪽 –

조애실 지사의 한 평생을 잘 요약한 글이 있어 소개한다. 1979년 출판한 시집《출범》의 머리말을 쓴 구상 시인의 글로 구 시인은, "조애실 여사하면 우선 그의 세 가지 두드러진 면목이 떠오른다. 하나는 멋과 정한(情恨)을 지닌 조선 여인의 면목이요, 다른 하나는 강렬한 민족의식을 지닌 여류지사적 면목이요, 또 하나는 열렬한 크리스찬으로서의 면목이다." 라고 했다.

▲ 후손 없이 평생 독신으로 살다간 조애실 지사의 숭고한 삶을 들려준 송암교회 이규남 장로님과 필자, 송암교회 1층 복도에서

한마디로 조애실 지사는 독립운동가요, 시인이요, 독실한 기독교인으로 이웃에게 사랑을 실천한 삶을 살았던 것이다. 그러한 가운데 조애실 지사는 1967년 3·1여성 동지회를 창설하여 부회장과 총무를 역임했으며 도예에 입문하여 1972년에는 국내 처음

으로 신세계화랑에서 옹기전을 열기도 했다. 그런가 하면 하회가면극에 심취하여 가면을 손수 만들고 하회가면극에 관한 논문도 썼다.

무엇보다도 조애실 지사는 효녀였다. 독신으로 살면서 어머니 김영순 여사를 평생 모셨으며 조카들의 뒷바라지도 마다하지 않았다. 독립운동 시절 모진 고문으로 육신의 고통 때문에 치사량의 진정제를 품고 다니면서도 신앙의 굳은 반석 위에 서서 317회나 간증 집회를 여는 열성을 보이기도 했다.

조애실 지사는 78살로 생을 마감하기 전 살던 집과 지니고 있던 패물 등을 모두 정리하여 송암교회에 장학기금으로 내놓아 어려운 학생들을 돕는 것으로 생을 마감했다. 정부는 1990년, 조애실 지사의 독립운동 공훈을 인정하여 건국훈장 애족장(1977년 대통령표창)을 수여하였다.

고양시 일산에서 조애실 지사가 33년간 다니던 서울 수유리의 송암교회까지 가는 길에는 쉴 새 없이 함박눈이 퍼부었다. 눈이 내리는 날에는 교통이 혼잡하여 썩 달갑지 않지만, 나는 그 흰 눈 내리는 길을 걸어 교회를 나왔다. 평생을 독신으로 오직 조국 독립을 위한 열정을 불태웠던 한 송이 흰 백합꽃과 같은 삶을 산 조애실 지사를 기리듯 흰 눈은 그렇게 대지 위에 소복하게 쌓이고 있었다.

〈이 글은 2017년 12월 16일 '신한국문화신문' 에 실은 기사임〉

마니산 정기로 피워낸 광복의 꽃

'조인애'

까마득한 태초에
단군이 점지한 거룩한 땅

하늘이 땅 열어
임을 보내사
인류애 품은 백성 키웠네

어쩌다 모진 저들 만나
평화롭던 땅 마구 짓밟혀
분노의 화살을 빼어들게 했나

투혼으로 임이 쌓아 올린
독립의 금자탑
하늘이 지켜주었네

조인애(曺仁愛, 1883. 11. 6 ~ 1961. 8. 1.) 애국지사

강화를 대표하는 독립운동가를 꼽으라면 유봉진(劉鳳鎭, 1886. 3. 30. ~ 1956. 9. 2.) 애국지사를 꼽을 수 있다. 그 만큼 유봉진 지사는 강화도 3·1만세운동의 전설적인 인물이다. 강화 출신 조인애 지사의 남편이 바로 유봉진 지사이다. 이들은 부부 독립운동가로 강화 독립운동사에 빼놓을 수 없는 분들이다.

실 가는데 바늘 간다고 조인애 지사의 삶은 남편 유봉진 지사의 삶과 떼어 놓고 설명할 수 없다. 조인애 지사 나이 36살 때, 강화에도 서울의 3·1만세운동 소식이 들려왔다. 강화에서는 3월 18일 강화 장날을 기해 만세운동이 일어났다. 물론 주동자는 남편 유봉진을 중심으로 최창인, 이봉석 등이었으며 조인애 지사도 그림자처럼 함께 했다.

이 날의 상황을 죽암 조봉암(1898. 9. 25. ~ 1959. 7. 31.)의 글을 통해 살펴보자.

"우리 강화에서의 만세운동은 유봉진 씨의 영도 아래 치밀한 계획으로 방방곡곡 어느 작은 부락 하나도 빼지 않고 일어났었고 그것이 한 달 동안이나 계속됐다. 그런데 유 선생의 지도방침은 철저한 평화적 시위였기 때문에 수천 명이 태형(볼기맞는 형벌)을 당했을 뿐, 감옥살이를 한 사람은 비교적 많지 않았었다. 유 선생은 마니산 꼭대기에 숨어서 만세운동을 지휘했고, 왜놈에게 체포 되었을 때 '독립운동자 유봉진' 이라고 종이에 크게 써서 가슴에 붙여주지 아니하면 말 한마디 대꾸도 안했다. 유 선생은 5년 징역살이를 했고 우리 애기패들은 1년 살았다."

– 조봉암,「내가 걸어온 길」,《희망》1957 –

모든 독립운동은 철저한 사전 계획 아래서 이뤄지게 마련이지만 강화 지역 역시 조인애 지사의 남편 유봉진 지사를 중심으로 치밀하게 이뤄졌다. 이들은 강화경찰서를 에워싼 시위대를 인솔하여 경찰서에 이미 잡혀온 사람들의 석방을 요구했다. 아울러 만세 도중에 시위대를 향해 칼을 휘두른 친일파 순사보 김덕찬을 인도할 것을 주장했다.

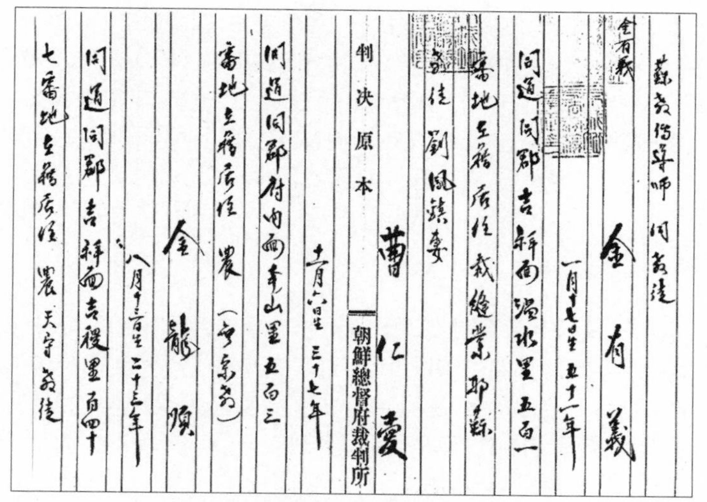
[illegible]教傳導師 同教徒
金有義
一月十七日生 五十一年
同道同郡吉祥面溫水里五百一
番地 右籍居住 栽縫業 耶蘇[illegible]
番住 劉鳳鎮妻
曹仁愛
判決原本
朝鮮總督府裁判所
十月六日生 三十七年
同道同郡府内面[illegible]山里五百三
番地 右籍居住 農 ([illegible])
金龍順
八月十二日生 二十三年
同道同郡吉祥面吉稷里百四十
七番地 右籍居住 農 天守教徒

▲ 조인애 지사 판결문(경성지방법원, 1919. 12. 18.)

만약 이 요구가 관철되지 않으면 경찰서 경내로 들어가겠다고 선언하는 이들의 기세에 한풀 꺾인 경찰은 시위대의 요구대로 이미 잡혀갔던 이들을 풀어 주었다. 따라서 시위대는 일단 밤 8시 30분 쯤 경찰서 포위를 풀고 해산했다. 시위 첫날은 늦은 밤까지 만세를 외치는 소리가 읍 도처에서 들렸지만 더 이상의 충돌은 일어나지 않았다.

그러나 문제는 여기서 끝나지 않았다. 강화도에서 만세 시위가 일어났다는 소식을 듣고 급파된 일본군 약 50여 명은 다음 날 아침이 되자마자 마을을 수색하고 다니면서 시위 주동자들을 잡아들이기 시작하였다. 이날 하루 동안 잡힌 사람이 63명이었다. 그러나 유봉진, 염성오, 황도문, 유희철 등 소수의 지도자들은 일본 군경의 눈을 피해 몸을 숨기고 있었다. 몸을 숨긴 지도자들은 이어지는 만세운동을 계속해서 진두지휘하였다.

왜경의 탄압에도 만세소리는 줄어들지 않고 더 큰 외침으로 퍼져나갔다. 21일부터는 바다 건너 교동도 주민들이 주재소와 면사무소로 몰려가서 만세를 불렀고, 27일엔 다시 강화읍에 2,000여 명의 군중이 모여서 만세를 불렀다. 4월 들어서는 양도면, 송해면, 양사면 주민들이 태극기를 들고 독립만세를 불렀고, 7일엔 석모도(삼산면) 주민들까지 합세하여 만세운동에 참여하였다.

강화도 만세운동은 한 달을 넘기면서 수그러들기 시작했다. 그 까닭은 유봉진 지사를 비롯한 시위 지도부가 잡혀갔기 때문이다. 사실 만세 시위를 주도했던 결사대장 유봉진 지사는 마니산으로 피해있었지만 경찰이 그의 부모를 잡아다 모진 고문을 하자 자진 출두해서 체포되었다.

조인애 지사는 남편 유봉진 지사를 도와 태극기를 운반하는 한편 3월 18일 읍내 시위 당시 부녀자들을 인솔하고 시위에 앞장서다가 붙잡혀 이른바 보안법 위반으로 6개월 형을 선고 받았다. 한편, 남편 유봉진 지사는 1920년 3월 경성복심법원에서 1년 6개월의 징역형을 선고 받고 옥고를 치렀다.

정부는 조인애 지사에게는 1992년에 대통령표창을 추서하였고, 남편 유봉진 지사에게는 1990년 건국훈장 애족장을 추서하여 이들의 독립정신을 기렸다.

더보기 남편 유봉진도 독립운동가

강화 만세운동의 선봉장 남편
유봉진(劉鳳鎭, 1886. 3. 30. ~ 1956. 9. 2.) 애국지사

1919 (대정8년) 5월 10일 일제가 작성한 〈소요사건에 관한 도장관 보고서, 지방민심 경향〉 17쪽부터 20쪽에 이르는 무려 4쪽에 걸친 부분은 강화 독립운동의 선봉장인 유봉진 지사에 관한 내용이다. 일제는 강화지역의 만세운동을 이른바 '소요사건' 으로 다루면서 유봉진 지사의 일거수일투족을 기록해 놓았다.

유봉진 지사는 1919년 3월 18일 강화군 부내면 읍내 장터의 대대적인 독립만세 시위를 계획하고 그 진행을 주도하였다. 유봉진 지사는 3월 8일 길상면 온수리 교회 목사 이진형 집에서 황유부·황도문 등과 만나 만세시위 계획을 세웠다. 3월 18일 오후 2시 읍내 장터에는 1만여 명의 시위군중이 모여들었다. 그는 흰 말을 타고 선두에 서서 독립만세를 외쳤으며 장터에 있는 종루에 올라가 종을 치며 시위군중의 용기를 북돋우었다.

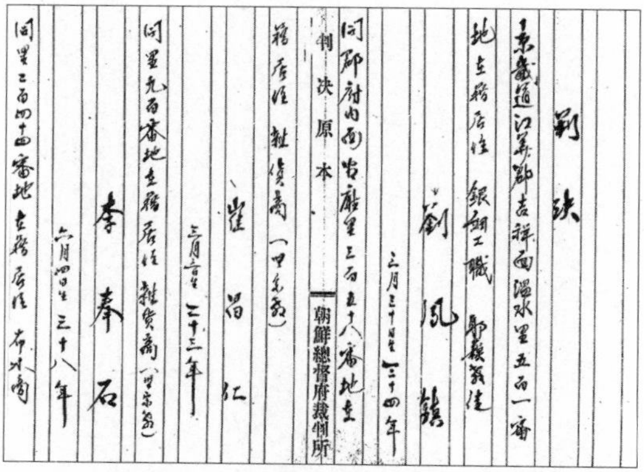

▲ 유봉진 지사 판결문(경성지방법원, 1919. 12. 18)

또한 시위 군중을 이끌고 군청으로 가서, 군수 이봉종 등을 독립만세에 가담시켰으며 이미 잡혀간 동지 유희철과 조기신 등을 석방시키기 위하여 경찰서 등에서 시위를 계속하다 체포되어 1920년 3월 12일 경성복심법원에서 이른바 소요 및 출판법·보안법 위반 혐의로 징역 1년 6월을 선고 받고 옥고를 치렀다.

정부에서는 고인의 공훈을 기려 1990년에 건국훈장 애족장(1980년 대통령표창)을 추서하였다.

수피아여학교의 영원한 횃불

'진신애'

누천년 떠오르던
무등산의 해 가려
암흑천지 되던 날

임께서 분연히 일어나
산마루에 높이 꽂은
태극의 깃발

빛으로 펄럭이매
희망의 꽃 삼았더니

어이타 임은
서른 살 짧은 해로
지셨나이까

아직도 임의 꽂은 깃발
펄럭이는데
펄럭이는데

진신애 (陳信愛, 1900. 7. 3 ~ 1930. 2. 23.) 애국지사

"일한병합 이래 이에 10년의 기간 동안 당국자가 조선 계발을 위해 노력한 제반의 시설이 점차 완성되어 조선인의 행복이 점차 증진되는 이때에 조선인 중 일부 불령한 무리가 그 시설이 자기에게 편리하지 않음에 불만을 가지고 막연하게 조선의 독립을 몽상하였다. 마침 만국강화 회의에서 민족자결이라는 사항이 창도(唱導)되자 그것이 조선에게 조금도 관계없음을 깨닫지 못하고 조선 역시 이것에 의해 독립할 수 있다고 곡해(曲解)하고, 조선민족독립의 기운이 왔으니 우리는 마땅히 그 소리를 크게 하여 조선의 독립을 외쳐 우리 민족의 독립을 강화회의의 문제로 삼게 하기 위하여 독립운동을 개시하자고 외쳤다."

이는 1919년 3월 10일에 일어난 광주지역의 만세운동에 참여했다가 잡혀간 진신애 애국지사를 포함한 독립운동가들에 대한 광주지방법원 판결문(775301) '이유서' 가운데 일부이다.

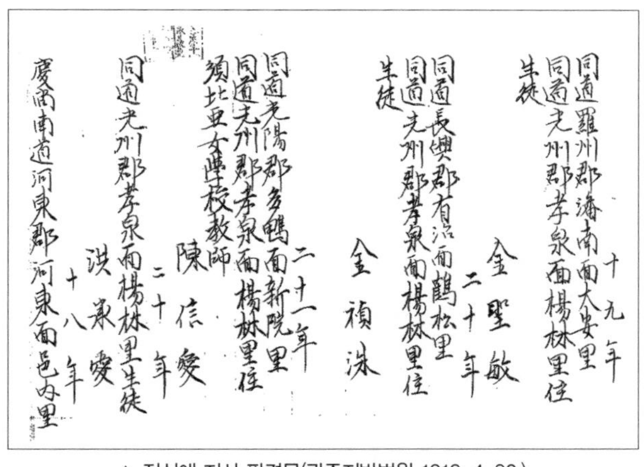
十九年
同道羅州郡潘南面大安里
同道光州郡孝泉面楊林里住
生徒
金聖敏
二十年
同道長興郡有治面鶴松里
同道光州郡孝泉面楊林里住
生徒
金禎洙
二十一年
同道光陽郡多鴨面新院里
同道光州郡孝泉面楊林里住
須比里女學校教師
陳信愛
二十年
同道光州郡孝泉面楊林里生徒
洪承愛
十八年
慶尚南道河東郡河東面邑内里

▲ 진신애 지사 판결문(광주지방법원 1919. 4. 30.)

판결문 '이유' 가운데 눈에 띄는 구절 몇 개를 보면,

1) 한국 병탄 10년째를 맞아 당국자(일제)의 노력으로 조선인의 행복이 점차 증진되고 있다.
2) 조선인 중 일부 불령한 무리가 막연하게 조선의 독립을 몽상하고 있다.
3) 세계의 민족자결이 조선과 관계없음을 곡해하고 있다.

는 것인데 이는 삼척동자 조선인이라도 웃지 않을 수 없는 내용이다. 그렇다면 당시 수피아여학교 교사였던 진신애 지사를 포함한 조선인의 만세시위 참여자의 숫자와 이들의 모습을 총독부 검사의 펜 끝을 통해 살펴보자.

"양림리 방면에서부터 송흥진을 선두로 하여 모여 온 숭일학교 생도 무리 수십 명과 피고 박애순, 진신애를 중심으로 하는 수피아여학교 생도 20여 명 및 작은 시장에 집합해 있던 찬동자 수백 명과 합하여 1천 명 이상의 큰 단체가 되었다.(중간줄임) 군중의 다수는 각자 구한국 소형 국기를 흔들고 국기가 없는 자는 혹은 모자를 흔들거나 또는 두 손을 들어 조선독립만세를 외치고 기뻐하며 뛰어오르며 작은 시장을 출발하여 서문통(西門通)을 거쳐 우편국 앞에 이르러 왼쪽으로 꺾어져 본정통(本町通)으로 들어갔다"

구한국 소형국기를 흔들며 천여 명 이상의 큰 단체를 이끌었던 진신애 지사는 당시 수피아여학교 교사였다. 진신애 지사는 전남 광양군 다압면 신원리 원동마을 출신으로 이날 만세시위는 진신애 지사와 동료 교사인 박애순 지사(1896 ~ 1969, 애족장 추서, 1990)가 이끌었다.

1919년 3월 1일 거족적인 독립만세운동이 전국적으로 퍼져가고 있을 때 그 움직임이 광주에까지 밀려 온 것은 3월 6일 이었다. 그날 밤 광주 양림동 남궁 혁 목사 집에서 수피아여학교의

진신애, 박애순 교사와 숭일학교 교사 최병진 등 12명이 모여 광주의 만세운동 계획을 세웠고 거사 일을 3월 10일로 잡았다.

▲ 격렬한 만세 운동이 있었던 서문통 거리, 오른쪽은 광주우편국 건물(1919)

드디어 거사날이 다가왔다. 3월 10일은 광주장날이었다. 이날 수피아여학교에서는 학생들에게 학교에 나오지 말고 대신 장터로 모이게 하였다. 진신애 지사는 동료 교사 박애순과 홍순남, 박영자 등의 학생에게 독립선언서 50장을 나눠주고 오후 2시까지 장터로 나오게 하였다.

지금 같아도 휴교한다는 것은 있을 수 없는 일이지만 당시에 평교사였던 진신애, 박애순 교사는 이 일을 차분히 추진하고 있었다. 강한 민족의식을 갖지 않고는 불가능한 일이었다. 오후 3시 30분에 일반 시민, 숭일학교, 농업학교 학생들과 합세하여 독립선언서를 낭독하고 저마다 가슴 속에 품고 있던 태극기를 꺼내 대대적인 만세시위를 벌였다.

이날 수피아여학교 학생들은 종이가 아닌 삼베로 태극기를 만들었는데 왜경들이 총대로 군중들을 후려치다 잡힌 수피아여학생들을 보고 "남들은 종이로 태극기를 만들었는데 네년들은 돈이 어디서 나서 베로 태극기를 만들었느냐? 서양놈들에게 돈을 받은 게 아니냐?" 고 물었다는 일화가 있다. 종이도 귀하던 시절 삼베나 옥양목에 태극기를 만든다는 것은 쉬운 일이 아니다.

하지만 당시 여학생들은 종종 옷감으로 태극기를 만들었다. 부산 일신여학교 학생이던 김반수(1904 ~ 2001, 대통령표창, 1992) 지사의 경우는 어머니가 혼숫감으로 마련해둔 귀한 옷감인 옥양목을 기꺼이 태극기를 만드는 데 써버린 예도 있을 만큼 '옷감 태극기' 는 당시 최고의 '애국심' 의 발로였다고 본다. 감히 혼숫감으로 쓸 옷감을 꺼내다가 동료들과 태극기를 만들 생각을 했으니 말이다.

▲ 수피아여학생들의 수학여행, 경주 불국사 다보탑에서 (1936. 10. 21.)

3월 10일 광주에서 일어난 만세시위 운동으로 구속되어 4월 30일 판결을 받은 수피아여학교 교사와 학생들은 진신애 지사를 포함하여 모두 23명이다. 한 학교에서 이렇게 많은 교사와 학생들이 나온 예도 흔치 않을 만큼 광주 수피아여학교는 광주지역 만세운동의 발원지였다. 진신애 지사는 그 한가운데 있었던 것이다.

진신애 지사는 4월 30일 광주지방법원에서 이른바 보안법 위반으로 징역 10월형을 언도받고 감옥생활을 해야 했다. 이러한 고인의 공훈을 기려 정부에서는 1990년 건국훈장 애족장을 추서하였다.

뿐만 아니라 진신애 지사의 고향인 광양에서는 광양신문(2013.2.25.)에 "늦었지만 활발했던 광양의 만세운동, 광양지역 3·1운동사 ①" 에서 광양의 호국항쟁 사적조사 연구용역 과정에서 진신애 지사의 생가 터를 재확인했다고 했다. 그야말로 늦었지만 진신애 지사의 고향 땅에 죽음을 무릅쓰고 만세운동에 앞장섰던 그의 작은 표석이라도 세웠으면 하는 바람이다.

대구신명고 교가 지어 애국혼 심은

'차보석'

뱃머리에 울려 퍼지던
어린 제자들 노래
가슴에 품고
검푸른 태평양 건넌 임

미국 땅서 혈혈단신
독립의 길 걸어온 세월

꿈에도 잊지 못할
광복의 꿈 고이 품고
그 땅에 뼈 묻었어도

임의 애국혼
신명의 제자들
가슴속에 영원히 피어나리

차보석 (黃寶石, 車寶石, 1892 ~ 1932) 애국지사

"차리석 선생은 해외 혁명운동자 가운데서도 특히 강력한 정신력을 소유하기로 유명하시었다. 탁월한 사무처리 기능이나 병중에서도 최후일각까지 맡으신 사명을 완수하신 건강한 책임감은 한국 독립운동에 피와 살이 되었다해도 과언이 아니다."

– 백범 김구, 동아일보 1948년 9월 22일 –

대한민국임시정부 국무위원(장관)을 지낸 동암 차리석(1881~1945, 1962, 독립장 추서) 선생은 백범이 말했듯이 '한국 독립운동사에 피와 살' 이 되었을 뿐더러 '대한민국임시정부의 든든한 버팀목' 으로 독립운동사에 한 획을 그은 분이다.

그런데 차리석 선생에게 차보석 (黃寶石, 車寶石, 1892~1932)이라는 여동생이 있었다는 사실을 알게 된 것은 우연한 기회였다. 필자가 집필 중인 여성독립운동가를 기리는 시집《서간도에 들꽃 피다, 제 8 권》을 쓰는 과정에서 '차보석 선생의 오라버니가 동암 차리석 선생' 이라는 사실을 알게 된 것이다.

필자는 차보석 선생의 이야기를 듣고자 2018년 1월 16일 화요일 오후, 선생의 조카인 차영조 (차리석 선생 아드님, 74살) 씨를 의왕시의 한 음식점에서 만났다.

"미국에서 활동하신 고모님 (차보석)에 대한 자세한 이야기는 잘 모릅니다. 제가 3살 때 중경에서 어머니 품에 안겨 환국했기에 나이도 어렸지만 이후 한국 생활이 고단하여 미국에서 활동하신 고모님에 대한 소식을 제대로 듣지 못했던 거지요. 그 대신 아버님(차리석)의 책을 통해 고모님에 대해 조금 알고있습니다만 ..."

▲ 미국에서 활동한 김마리아 선생과 차보석 지사(오른쪽)

차영조 씨가 말한 아버님의 책이란《임시정부 버팀목 차리석 평전》(장석흥지음, 역사공간, 2005)으로 고모님의 기록은 이 책을 통해서 어렴풋이 이해하고 있다고 했다.

▲ 차보석 선생이 재직하던 때의 대구 신명여학교 제1회 졸업생(1912년) 사진

"(차리석의) 여동생 차보석은 1892년 평안남도 맹산 함종 (咸從)에서 태어나 이화학당을 거쳐 일본 고베 (神戶)가사여자전문학교를 졸업한 뒤 1912,3년 경 대구 신명여학교의 교사로 부임했다. 차보석은 1907년 기독교 선교학교로 개교한 신명여학교에서 1915년까지 재직했으며 재직 동안 교가 (校歌)를 만드는 한편 경술국치 소식을 접하고는 대성통곡했다는 일화를 남겨 신명여학교의 귀감이 되었다. 초창기 교풍 확립에 지대한 공헌을 한 차보석은 신명의 참 보석 (寶石)이라는 칭송을 받았다"

– 《임시정부 버팀목 차리석 평전 》73~75쪽 –

▲ 차보석 선생의 재직때인 1913년 신명여학교 본관모습, 지금은 헐려 그 모습을 볼 수 없다

당시 신명여학교 (현 대구신명고등학교)에는 차보석 선생의 오라버니인 차원석 (차리석 선생의 형) 선생의 두 딸인 영숙과 영옥도 다녔는데 기독교 학교인 신명학교의 전도에 괄목할 만한 업적을 남겼다고 한다.

필자는 차보석 선생의 발자취를 찾아 2018년 1월 26일 금요일, 대구 신명고등학교(교장 장용원)로 단걸음에 달려가 교장선생님을 뵙고 차보석 선생에 대한 이야기를 들을 수 있었다. 사실 내려가기 전에 장용원 교장선생님께 편지를 보냈는데 교장선생님은 해외 연수를 막 마치고 귀국하여 서울에서 달려간 필자를 반갑게 맞이해 주었다.

이 자리에는 김홍구 교감선생님도 함께 하였는데 서울에서 내려가기 전에 교감선생님은 차보석 선생이 신명여학교에 부임하여 교가(校歌)를 작사할 때의 이야기가 담긴《신명백년사》의 해당 부분을 전화로 들려주었다.

"1911년 5월 둘째 주 수요일에 교가가 완성되었다. 학생들 특히 졸업을 앞둔 상급반 학생들은 졸업 전에 교가가 있어야한다고 재삼 요청이 심해지자 교장 부르엔 여사는 평양에서 온 차보석 선생과 3학년 임성례를 교가 제정위원으로 지명하였다. 두 사람은 1주일간 꼬박 기도를 드리면서 7절로 된 교가를 지었다. 이들은 목욕재계를 하면서 정성을 드려 교가를 작성하였다."

–《신명백년사 》(1907–2007) 55쪽 –

▲ 차보석 선생 재직 때인 1914년 제2회 졸업생

차보석 선생이 제자 임성례와 함께 목욕재계하고 지은 교가는 모두 7절로 이 교가는 1920년 전국적으로 통용된 중등음악 교과서 〈창가집〉 46쪽에 학교 사진과 함께 수록되어 있으며 1914년에 4절로 개작될 때까지 불리던 교가이다.

신명여학교 교가(1911.5)

작사 차보석, 작곡 백신철

1. 하나님 사랑 크고 넓으사 우리의 소원 이루시는 중
대구 동산신명학교 교실을 굉장하게 지었네
후렴, 만세만세 신명중학교 세상 빛과 주께 영화니
천지가 진하고 하해 닳도록 신명학교 만세라
2. 천국에 기초된 신명학교 믿음과 구원의 반석터 위에
주님의 보혈로 굳게 세웠네 신명학교 만세라
3. 택함을 입은 우리학도들 주님의 사랑 모본하여서
화평과 인내로써 사괴어 신명학교 만세라
4. 우리의 학교 높은 명의로 빛나고 명명하게 전파할일
실심과 열심히 공부함으로 공부함이니 신명학교 만세라
5. 주 은혜 날개 밑 보호 아래서 천문과 지리 모든 학문을
주님을 위해서 배우세 신명학교 만세라
6. 광활한 천지 죄악 세상에 사망의 길로 가는 동포들
우리 손으로 구원합세다 신명학교 만세라
7. 만만세 억만세 신명학교 권능의 주님 재림하실 때
천국 일꾼을 조성하시오 신명학교 만세라

지금으로부터 107년 전의 교가는 지금의 교가와는 사뭇 다른 모습으로 서양 선교사에 의해 지어진 학교이기에 교가 역시 그 영향을 많이 받은 느낌이다. 하지만 이 교가가 완성되던 바로 전해인 1910년 8월 29일, 일본에 의해 강제로 조선의 합병 소식을 들은 차보석 선생은 교실에 들어와 교단을 치면서 통곡을 했다고 한다. 이를 본 이복심 외 7~8명의 학생들도 차보석 선생과 함께 엎드려 통곡했다고 당시 상황을 《신명백년사》 는 전하고 있다.

명랑하고 야무진 차보석 선생이 대구 신명여학교에 재직한 기간은 약 4년간으로 초기 교풍(校風)을 세우고 교가를 만들어 학생들에게 애교심을 갖도록 지도하였다. 차보석 선생이 재직한 신명여학교는 3·1만세 운동 때 주도적으로 만세운동에 참여한 사람들이 많았는데 그 가운데 교사로 있던 임봉선(1897~1923) 선생은 1990년에 애족장을 추서 받았고, 미주지역에서 활약한 이희경(1894~1947)지사는 2002년 건국포장을 추서 받았다.

차보석 선생은 23살 되던 해에 대구신명여학교를 떠나 평양으로 가서 오라버니인 차리석 선생과 교육사업을 펼치다가 3·1만세운동 직후 오라버니와 상해로 망명했다. 상해에서 흥사단에 참가하는 한편 1921년에는 재상해유일학생회(在上海留日學生會)를 맡아 활약했다.

차보석 선생이 미국으로 건너간 것은 30살 때인 1922년으로 그곳에서도 선생의 조국독립을 위한 눈부신 활약은 끊이질 않았다. 그 활동을 보면 1925년 대한여자애국단(大韓女子愛國團) 샌프란시스코지부 단장을 거쳐 1926에서 1928년까지 대한여자애국단 총단장을 맡아 활약했다.

▲ 차보석 선생에 대한 이야기를 필자에게 들려주는 신명고등학교 장용원 교장선생님 (오른쪽)과 김홍구 교감선생님

이듬해인 1929년에는 이 단체의 서기, 재무 등을 맡아 헌신했다. 또한 이 기간 (1925~1928) 동안 샌프란시스코에서 국어학교 교사로 재직하면서 동포 자녀들에게 한국 혼을 심는데 주력했으며 1931년에는 국어학교 재무 (財務)일을 도맡았다.

1931년 대한인국민회 (大韓人國民會)에 입회하여 1932년 3·1절 기념식 준비위원 등으로 활약하였으며 1925년부터 1932년 3월 21일 숨을 거두기까지 여러 차례 독립운동자금을 지원함으로써 조국 독립의 기틀을 다지는데 혼신의 힘을 다했다.

황부인보석씨별세

상항 황사선 목사의 부인 보석씨가 [illegible]
로 [illegible] 수차 보도 하엿거니와 황부인
은 원래 [illegible] 부족(BLOOD HIGH PRESSURE)
을 [illegible] 동안 그건강이 이상에 못하야 회[illegible]
이 [illegible] 후가[illegible] 어느세에는 비상에 [illegible]
는세가 중[illegible] 잇든터이라
二월 十一일에 본국 가는 [illegible] 전
송하며 [illegible] 나고 도로 돌[illegible] 나아간
세에 황부인 의시 [illegible] 어[illegible]
이이 시로 [illegible] 잇기대 [illegible] 눈물이 [illegible]
방의 [illegible] 더하게 한 이[illegible] 충[illegible]
한 후[illegible] 그는 [illegible] 방
작국을 [illegible] 마자 시청에서 [illegible]
[illegible] 그의 부인 [illegible]
을 [illegible] 지[illegible] 도[illegible] 주시 의사를 [illegible]
진찰[illegible] 병원에 [illegible] 결과 차도가
잇슬[illegible] 위하여 [illegible] 치료중 [illegible]
이 [illegible] 부당한 [illegible] 그[illegible]
일반 [illegible] 등이 지성으로 구원하며 소복
하기를 기도하엿스나 [illegible] 병세가 [illegible]
[illegible] 지난 十四일에
다시 병원에 입원하야 전문 의사의 진찰을 밧
[illegible] 판명이 되고 다시[illegible] 정신
을 회복치 못하고 [illegible] 동안 [illegible]
[illegible] 방황하다가 금 二十一일 오후 三시三
十五분에 四十 [illegible] 세
상을 [illegible] 하고 다시 도라 오지 못할 [illegible]
나 갓다 그의 가장인 황목사의 [illegible]
반 [illegible] 눈물을 안이
흘니난 이 업더라
황부인은 독실한 예수교 신자로서 본국에
계실 때에 종교계와 교육계에 종사하다가 [illegible]
후 三十세 처녀로 황목사와 결혼한후 [illegible]
날 [illegible] 교회 일에 전력하다가 [illegible]
나가스며 일반 교우들의 [illegible] 만엇스며
황목사 [illegible] 그를 이
세상에서 [illegible] 눈물 [illegible]
[illegible] 못하게 되엿다
그 황부인의 장례식은 금 二十六일 (토요
일) 오후 一시 三十분에 [illegible] 한인 례배당에서
[illegible]
[illegible](CYPRESS LAWN CEMETERY)에 안장
하려하며 그의 [illegible] 처소난 1363 DIVISADERO
STREET에 잇는 TRUMAN CO 이라더라
◈ [illegible] 지방회에서 화환 기증
그 황부인이 별세하엿다는 부고를 드른 중
가주 [illegible] 十五[illegible] 전
부 보내면서 화환을 황부인 [illegible] 기증하
이 달나고 부탁 하엿더라

▲ 차보석(황 목사와 결혼하여 미국에서는 황보석으로 불림)지사의 별세 소식을 알리는 〈신한민보〉(1932. 3. 24.)

차보석 지사는 독실한 기독교인으로 서른 살에 황사선 목사와 결혼한 이래 마흔 살의 나이로 숨지기까지 미국에서 투철한 독립정신으로 일관된 삶을 살았다. 〈신한민보〉(1932. 3. 24.)의 차보석 지사 별세 기사를 보면 후손은 없는 것으로 보인다. 정부는 고인의 공훈을 기려 2016년 건국훈장 애족장을 추서하였다. 그러나 고모님 (차보석)의 유일한 피붙이인 조카 (차리석 선생의 아드님 차영조 씨)는 고모님의 서훈 소식도 모르고 있다가 필자와의 대담을 통해 알고는 마치 고모님을 만난 듯 기뻐했다.

2살 때 아버님 (차리석 선생)이 돌아가셨기에 미국으로 건너간

고모님 (차보석)의 생사를 알길이 없었지만 이제서라도 고모님의 서훈 소식은 칠순을 넘은 조카의 마음을 설레게 했다.

차영조 씨는 혹시 자신도 모르는 고모님 (차보석) 쪽의 누군가가 고모님의 서훈을 신청하여 독립유공가가 되었나 싶어 곧바로 국가보훈처에 문의한 결과, 후손의 신청이 아니라 보훈처의 자체 발굴로 서훈자가 되었다는 답을 들었다고 했다. 후손이 없는 관계로 고모님의 훈장증은 아직 보훈처에서 잠자고 있는 실정이다. 그래서 조카인 차영조 씨 자신이 고모님(차보석)의 훈장증을 대신 받을 수 있는 지의 여부를 확인하고자 '국민신문고' 를 통해 문의한 결과 2018년 2월 5일자로 해당부서인 국가보훈처로부터 다음과 같은 회신이 왔다고 필자에게 알려왔다.

회신인즉 "독립운동가 고 차보석(2016 애족장)의 후손은 확인되지 않은 상태고, 귀하께서 친족으로 확인되는 것도 사실로 확인됩니다. 다만, 직계 후손이 없을 가능성을 배제할 수 없기 때문에 직계 후손이 있는지 확인한 뒤(해외자료 검토 및 확인 등에 3개월 소요 예상)후손이 없다고 판단되면, 귀하께 훈장 대리 수령 여부를 검토하고 별도로 연락을 드리겠다" 는 것이 요지였다.

회신내용을 살펴보면, 차보석 지사의 후손이 있는지도 파악 안 하고 훈장만 발급한 꼴이다. 혈육인 조카가 '대신 수령' 하겠다는 민원을 내지 않았다면 영원히 보훈처 책상 서랍에서 잠들 훈장증이 안타깝다. 꿈에도 그리던 고모님의 훈장증이나마 곁에 두고자하는 조카의 마음은 당분간 다시 '유보 상태' 인 셈이다.

차보석 선생의 아버지 차시헌은 슬하에 4남 2녀를 두었는데 아들 4형제는 원석(1870), 형석(1874), 리석(1881, 차영조 씨 아버지), 정석(1884) 그리고 따님으로 보석(1892)과 이름이 알려지지 않은 1명을 두었다. 가정이지만 만일 일제의 침략이 없었더라면 이들 형제자매는 오순도순 태어난 고향에서 정답게 살아갔을 것이다. 그러나 빼앗긴 나라를 되찾기 위해 상해로 미국으로 뿔뿔이 흩어져 독립운동을 하는 바람에 서로의 생사도 모른 채 오늘에 이른 것이고 보면 칠순을 넘긴 조카의 고된 삶이 투명한 유리잔 속처럼 들여다보여 가슴이 짠하다.

▲ 차보석 지사의 오라버니 차리석 선생 부부(차영조 씨의 부모님)

"제가 두 살 때 아버님(차리석)이 돌아가셨으니 어머님께서 얼마나 황당하셨겠습니까? 아버님은 1945년 8월 15일 중경에서 광복을 맞이하시고 9월 5일 환국을 위한 준비를 하시다가 과로로 쓰러져 9월 9일 중국땅에서 운명하셨습니다. 그 뒤 모자(母子)의 삶은 고난의 가시밭길 그 자체였지요."

차리석 선생의 아드님이자 차보석 선생의 조카인 차영조(74살)씨는 필자와의 대담 내내 독립운동가 집안의 후예로 살아온 뼈아픈 지난날의 이야기를 진솔하게 들려주었다.

"6·25전쟁 때 부여로 피난 내려가 아이스케키 통을 메고 부여 읍내를 다니던 시절, 너무나 배가 고파 어머니에게 고아원에 데려다 달라고 했던 기억이 납니다. 이상하게도 같은 또래 애들은 아이스케키를 잘 파는데 나만 유독 잘 팔지 못했던 까닭을 그때는 몰랐는데 나중에 알고 보니 동네사람들이 토박이 애들이 파는 아이스케키를 사주었던 것이지요" 어린 차영조는 피난지 낯선 동네에서 텃세부리는 아이들 틈에 자랐다. 그의 나이 8살 때였다.

전쟁이 끝나면 상경할 것이란 기대가 있었지만 그것도 말짱 헛꿈이었다. 서울에 다리 펴고 누울 공간 하나 없는 상황이다 보니 뜻하지 않게 부여에서 10년의 세월을 보내야 했다. 그래도 어머니가 닥치는 대로 날품팔이를 할 때는 나았다. 초등학교 6학년 무렵 어머니가 중풍으로 쓰러지고 난 뒤부터 어린 차영조는 소년 가장이 되고 말았다. 나이 12살의 피난지 부여에서 중풍으로 쓰러진 어머니를 보살피며 초근목피로 살아가던 이야기는 눈물 없이는 들을 수 없는 이야기였다.

"그런데 정말 이해가 안가는 일이 있습니다. 1948년 9월 22일 오후 1시 휘문중학교에서 아버님 (차리석)과 석오 이동녕 선생의 사회장이 열리고 난 뒤의 일입니다. 저는 그때 5살이라 아무것도 모르지만 이날 조의금으로 걷힌 당시 돈 80만원의 행방이 묘연한 것입니다. 왜 이런 말씀을 드리냐하면 그때 환국하여 미망인이 된 어머님께서 조의금 중 단돈 1만원이라도 받았다면 온갖 고생 끝에 끝내는 중풍으로 쓰러지지 않으셨을지 모른다는 생각이 들기 때문이지요. 어머니는 참으로 올곧은 분이셨습니다. 혹시 젊은 미망인이 어린 아들을 앞세워 무슨 도움이나 받으려는 의심을 받는 것을 단호히 차단하신 거지요."

1948년 당시 80만원이면 지금의 화폐가치로 얼마인지 모르겠지만 1만원만 있어도 서울에서 방 한 칸 딸린 구멍가게를 낼 수 있는 돈이라니 큰돈은 큰돈이다. 그날 들어온 조의금만 제대로 차리석 선생의 미망인에게 전달되었더라도 그 아드님이 12살 나이에 가장이 되어 생활전선에 뛰어드는 일은 없었을지도 모른다.

아니 그보다 아쉬운 일은 나라가 독립운동가 유족을 챙겼어야했다. 그러나 해방 후 어수선한 정국에서 친일부역자들 조차 발본색원하지 못하는 판국에 독립운동가 후손을 챙길 여력이 있었을 리 만무다. 오죽하면 70년 전 아버님(차리석) 장례식 때 조의금으로 받은 돈의 행방이 원망스러웠을까 말이다.

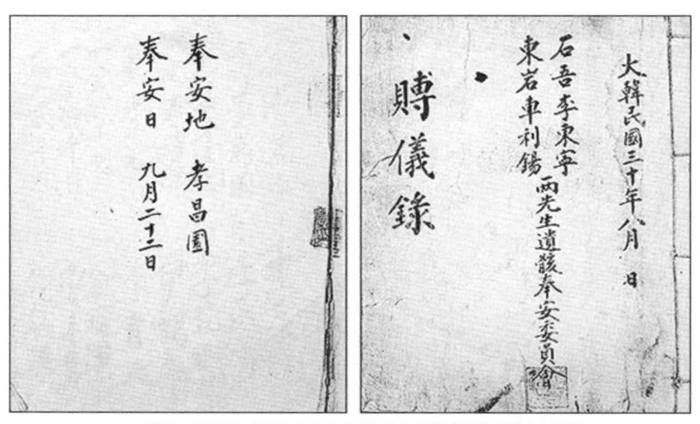
大韓民國三十年八月 日
石吾李東寧
東岩車利錫 兩先生遺骸奉安委員會
賻儀錄

奉安地 孝昌園
奉安日 九月二十二日

▲ 동암 차리석 선생, 석오 이동녕 선생 유해봉안 부의록

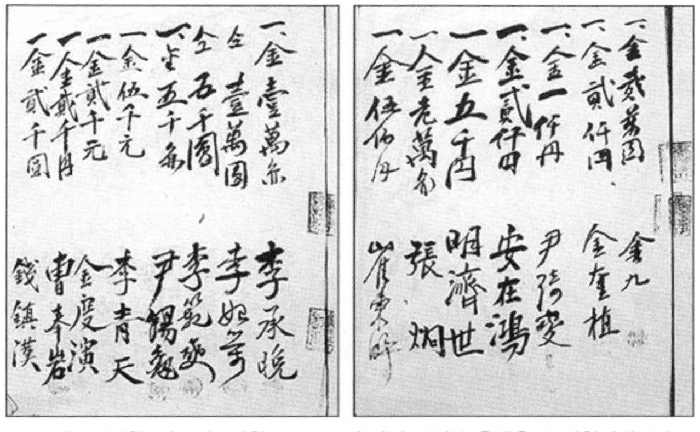

▲ 김구 2만원, 이승만 1만원 등 1948년 당시 부의금 총액은 80만원이었으나 단 한푼도 유족에게 전달되지 않고 증발되어 버렸다.

필자도 듣고 보니 당시 차리석, 이동녕 선생의 사회장 장례식 때 받은 조의금의 행방이 궁금하다. 조의금은 유족의 품으로 전달되어야 하거늘 누가 중간에서 착복했단 말인가! 유족이 그 돈으로 쌀이라도 사고 방 한 칸이라도 마련했더라면 하는 아쉬움이 인다.

▲ 차리석 선생의 아드님이자 차보석 선생의 조카인 차영조 씨는 독립운동가 후손으로 살아온 고달픈 한평생을 담담하게 들려주었다.

만약 그랬다면 상급학교에 진학하여 영어를 배워 미국으로 건너간 차보석 고모의 후손들을 찾아보았을지도 모를 일이다. 그러나 이 모든 것은 부질없는 공상 일뿐이다.

그렇다고 주저앉아서 신세한탄만을 할 수는 없는 노릇이었다. 차영조 씨는 비록 가진 것 없는 고단한 삶이었지만 만고에 빛나는 독립운동가인 아버님께 누를 끼치지 않는 삶을 살아왔다. 그것이 유일한 자산이요, 아버지를 드러내는 일이라고 믿고 살아온 세월이었다.

이번에 고모님 차보석 선생의 서훈(2016년 애족장) 사실을 필자로부터 듣고 기뻐하는 조카 차영조 씨의 모습이 지금도 눈에 선하다. 모쪼록 고모님의 훈장증이나마 하루속히 대리 수령할 수 있게 되길 바라는 마음 간절하다. 그게 지금 우리가 평생을 일가친척의 생사여부조차 모르고 살아온 칠순의 독립운동가 후손에게 해줄 수 있는 유일한 위로이기 때문이다.

〈이 글은 2018년 1월 29일 '신한국문화신문' 에 실은 기사임〉

천안아우내 장터서 일본군 학살에 저항한

'최정철'

아들아
왜놈 칼에
붉은 피 쏟으며
숨져간 아들아

에미는 저들이
네 심장에 꽂은
칼을 보고
피가 끓었다

천인공노할
조선인 학살에
피울음 토하며

네가 쏟은 피
에미가 흘린 피
결코 헛되질 않길

아우내 동포들
손잡고 함께 외쳤노라

최정철 (崔貞徹, 1853. 6. 26. ~ 1919. 4. 1.) 애국지사

"이놈들아! 내 자식이 무슨 죄가 있느냐! 내 나라 독립만세를 부른 것도 죄가 되느냐! 이놈들아! 나도 죽여라!" 이는 천안 아우내장터 만세운동에 가담하여 현장에서 순국한 최정철 지사 무덤 묘비석에 적혀 있는 글이다.

무덤을 찾아간 2017년 11월 28일(목)은 제법 추운 날씨로 금방 눈이라도 쏟아질 듯 하늘은 잿빛으로 물들어 있었다. 길찾개(네비게이션)로 찍은 충남 천안시 동남구 병천면 가전리 산 8-6 지점은 생각 보다 넓어 무덤을 찾기가 쉽지 않았다. 간신히 여기저기 기웃거리다가 찾은 최정철 지사의 무덤 앞에 서니 왠지 가슴이 먹먹했다.

▲ 한날한시에 순국한 최정철 지사 무덤(위) 아래는 아드님 김구응 의사 무덤.
(충남 천안시 동남구 병천면 가전리 산 8-6)

무덤 앞자락에는 아드님 김구응 의사(義士, 1887. 7. 27.~1919. 4. 1.)의 무덤이 자리하고 있고, 바로 위쪽에 최정철 지사가 잠들어 있었다. 어머니와 아들이 일제의 총칼에 찔려 같은 날 비명에 순국하여 제삿날이 같은 이런 비극의 역사가 어디에 또 있겠는가!

"천안군 병천시장에서 의사(義士) 김구응이 남녀 6,400명을 소집하여 독립선언을 할 때 일본헌병(일경)이 조선인의 기수(旗手, 행사 때 대열의 앞에 서서 기를 드는 일을 맡은 사람, 곧 조선인들)를 해치고자했다. 조선인들은 맨손으로 이를 막느라 피가 낭자했다. 그러자 일본헌병은 이들의 배를 칼로 찔러 죽음에 이르게 하는지라 김구응이 일본헌병의 잔인무도함을 꾸짖자 돌연 총구를 김구응에게 돌려 그 자리에서 즉사케 했다. 김구응은 머리를 맞아 순국했으나 일본헌병은 팔다리를 칼로 난도질했다. 이때 김구응의 노모(최정철 지사)가 일본헌병을 향해 크게 질책하자 노모마저 찔러 죽였다."

-《한국독립운동사략(韓國獨立運動史略)》, (김병조 지음, 1920.6.), 이 책은 국한문혼용인 탓으로 이해가 어려워 필자가 이해하기 쉽게 번역함, 76쪽 -

천인공노할 일이란 바로 이런 일을 두고 말함일 것이다. 그렇게 어머니와 아들은 천안 아우내장터 만세 시위날인 1919년 4월 1일 함께 순국의 길을 걸었다. 김구응 의사 32살이요, 최정철 지사 67살이었다.

겨울 찬바람 한 자락이 휙 하고 지나간 모자(母子)의 무덤은 적막감만 일었다. 어머니와 아들의 무덤 앞 돌비석에는 1919년 4월 1일 천안 아우내장터 만세 시위 상황이 깨알같이 빼곡히 적혀있었지만 그 누가 있어 이들 모자가 천안 아우내장터의 만세운동을 주도한 인물임을 알랴!

하지만 다행히도 이들 모자의 장렬한 순국을 기록해둔 분이 있었다. 바로《한국독립운동사략(韓國獨立運動史略)》을 지은 김병조(金秉祚, 1990년 건국훈장 대통령장) 선생이다. 김병조 선생은 민족대표 33인의 한분으로 상해에서 임시정부에 관여하면서 3·1만세운동이 일어난 이듬해인 1920년 6월《한국독립운동사략(韓國獨立運動史略)》을 썼다.

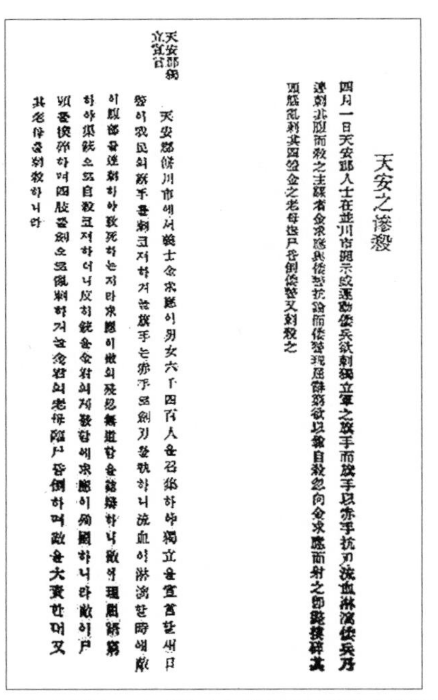

天安之慘殺

四月一日天安郡人士在竝川市開示威運動倭兵欲剌獨立軍之旗手而旗手以赤手抗刃流血淋漓倭兵乃遂剌此旗而殺之主謀者金球應與倭警抗爭而倭警現屈膝欲以銃自殺忽向金球應而射之即銃擊碎其頭顱亂剌其母發金之老母投尸昏倒倭警又剌殺之

天安郡獨立宣言

天安郡竝川市에서義士金球應이男女六千四百人을召集하야獨立을宣言할새日警이良民의旗手를剌코저하거늘旗手는赤手로劍刃을執하니流血이淋漓할時에敵이旗部를逆剌하야致死하는지라球應이敵의殘忍無道함을詰辯하니敵이理屈辭窮하야巢銃으로自殺코저하더니反히銃을金君의게發함에球應이殉國하니라敵이尸頭를俠斫하며四肢를劍으로亂剌하거늘金君의老母가臨尸昏倒하며敵을大責한대又其老母를剌殺하니라

▲ 1919년 만세운동 1년 뒤에 나온《한국독립운동사략》(왼쪽)과《한국독립운동지혈사》(오른쪽)에는 천안 아우내장터 만세운동 주모자로 유관순 이름은 보이지 않고 김구응과 어머니 최정철 지사 이름만 나온다.

이 책은 최정철 지사와 김구응 의사의 천안 아우내 장터 만세운동을 다룬 최초의 책이자 3·1 만세운동이 일어난 바로 이듬해에 나온 책으로 이 책을 통해 아우내 만세운동 당시의 정확한 실상을 알 수 있다.

이 책과 같은 해에 나온 책으로는 박은식 선생의《한국독립운동지혈사(韓國獨立運動之血史)》(1920, 상해, 572쪽)도 있는데 이 책도 천안 아우내장터 만세운동을 다루고 있다. 이 책에서는 천안 아우내장터의 주모자를 김구응(主謀者 金九應) 의사로 기록하고 있다. 그간 우리는 천안 아우내장터의 만세운동 주모자를 유관순 열사로 알고 있지만 이 두 책의 “천안 병천(아우내)독립운동편” 에 유관순 열사 이름은 나오지 않는다.

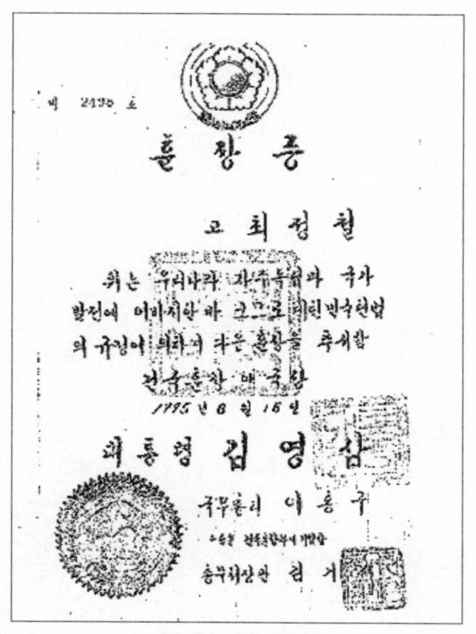

제 2495 호

훈 장 증

고 최 정 철

위는 우리나라 자주독립과 국가 발전에 이바지한 바 크므로 대한민국헌법의 규정에 의하여 다음 훈장을 수여함

건국훈장 애국장

1995년 8월 15일

대통령 김 영 삼

국무총리 이 홍 구

이 증을 건국훈장부에 기입함

총무처장관 [illegible]

▲ 최정철 지사의 훈장증

“증조할머님(최정철 지사)은 안동김씨 집안으로 시집오셔서 현모양처로 한 집안의 살림을 잘 꾸려가셨습니다. 효부로 소문난 증조할머님은 3·1만세운동이 일어나기 1년 전 증조할아버님을 여의고 슬픔이 채 가시기도 전에 1919년 4월 1일 아우내 지역 만세운동의 주모자인 아드님 김구응 의사가 왜경에 총살당하는 것

을 지켜보셔야했습니다. 그리고 증조할머님 자신도 만세현장에서 아드님과 함께 총검에 무참히 살해당하셨지요. 왜경은 증조할머니(최정철 지사)와 할아버지(김구응 의사)를 총으로 쏘고 총검으로 난자하는 참극을 저질렀습니다."

최정철 지사의 이야기를 듣기 위해 2017년 11월 26일(화)에 만난 증손자 김운식 (69살) 씨는 그렇게 증조할머님의 이야기를 꺼냈다. 지금으로부터 98년 전 이야기이니 만치 증손자 역시 기록과 구전에 의존할 수밖에 없는 노릇이었다. 필자 앞에 내놓은 증조할머니와 할아버지의 기록들을 살펴보면서 증손자가 타준 따뜻한 차 한 잔을 들기 무섭게 필자는 말했다.

"천안 아우내장터의 주모자가 할아버지 김구응 의사(義士)라는 이야기는 미처 몰랐습니다. 저는 유관순 열사가 주모자인줄 알았거든요."

필자의 말에 증손자 김운식 씨는 답했다.

"3·1 만세운동 때 유관순 열사는 16살이었습니다. 한학과 신학문을 겸비한 김구응 할아버지는 그때 32살이셨고 당시 성공회에서 운영하는 진명학교 교사였지요. 이 보다 앞서 할아버지는 병천면 가전리에 청신의숙(淸新義塾)이란 학교를 세워 학생들을 가르쳤고 이후 감리교에서 운영하는 근대식학교인 장명학교(長命學校)를 거쳐 진명학교에 재직 중이셨지요." 증손자인 김운식 씨는 그렇게 말하며 잠시 말끝을 흐렸다.

"할아버지는 진명학교 교사 생활을 하면서 많은 제자와 지역 유지들과 친분 관계를 맺고 계셨습니다. 그러한 폭 넓은 인맥관계 형성이 아우내장터 만세운동을 계획하는 데 큰 밑거름 역할을 하셨던 것입니다." 증손자는 말을 이어갔다.

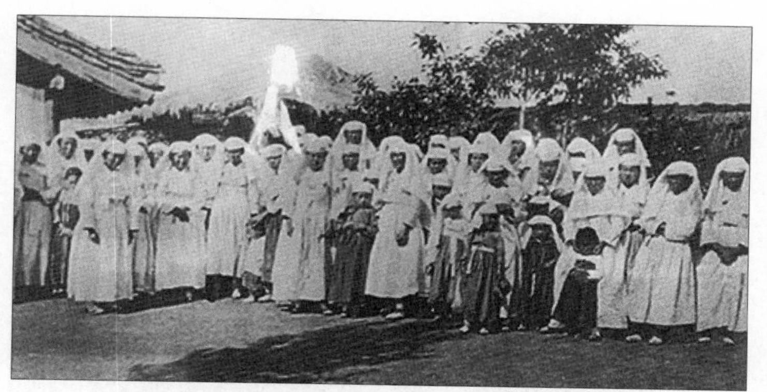

▲ 김구응 선생이 교사로 있던 진명여학교를 세워 운영하던 성공회의 병천교회 여신도를(1915)

사실 일제 강점기에 민중 못지 않게 억압과 탄압을 받은 것은 종교였다. 진명여학교를 만들어 민족교육을 실시하던 성공회도 예외가 아니어서 모든 선교사들이 추방을 당하고, 교회에서 운영하던 사립학교가 문을 닫는 지경에 이르렀다. 특히, 충남 아우내(병천)에서 있었던 '아우내장터 만세운동' 에 성공회가 깊이 관여하면서, 일제에 의한 탄압은 가중되었다. 1919년 4월 1일 아우내장터 만세운동은 성공회병천교회가 운영하던 진명학교의 교사 김구응의 지휘 아래 교인들과 지역유지, 젊은 청년, 학생들이 아우내장터에서 독립선언문을 낭독하고 만세운동을 펼쳤던 것이다.

증손자 김운식 씨는 필자에게 논문 〈성공회 병천교회의 3·1 아우내 만세운동에 대한 기여〉 (전해주. 2006. 성공회대학 석사논문) 한편을 건네주었다.

이 논문에는 천안 아우내 장터의 만세운동 주모자가 김구응이었다는 것을 소상히 밝혀주고 있었다. 뿐만 아니라 유관순 열사

가 한국의 잔다르크, 독립의 여전사로 부각된 이유를 다음과 같이 쓰고 있다. (전해주, 논문 35~36쪽)

▲ 성공회 병천교회와 진명학교 건물(1915년)

"김구응 지사가 순국하고 난 뒤 광복을 맞이하기 전까지 26년간 마을에서는 만세운동을 기념한다거나 희생자 추모 같은 것은 꿈도 꿀 수 없었다. 그렇게 천안 아우내 독립운동도 모든 이들의 기억에서 사라지고 있었다.

그러다가 해방 후, 이 지역출신이면서 아우내 만세운동을 주도한 인물 가운데 하나인 조인원의 아들이기도 한 독립운동가 조병옥 박사(1894 ~ 1960)가 대한민국정부수립에 입각함으로써 이 지역 만세운동이 새로운 조명을 받기 시작했다. 조 박사는 대한민국정부수립(1948)과 함께 경무장관, 대통령특사, 유엔 한국대표 등을 겸직하면서 대한민국 정부의 정통성과 민족적 구심점을 찾기에 고심한다.

그는 같은 동네의 유관순을 생각해내고 그녀를 한국의 잔다르크로, 여전사로 부각시킨다. 또한 조 박사 자신의 정치적 입지를 위해서도 자신의 부친 조인원이 아우내 만세운동에서의 주동자 중 한사람이며 현장에서 죽음을 맞았다는 것을 알리는 등 독립운동가 집안이라는 것을 내세우기 위한 것도 동기가 되었을 것이다. 그래서 그는 유관순을 주인공으로 하는 영화 제작을 추진하기에 이른다. 이 영화는 볼거리가 없던 당시 공전의 히트를 쳤으며 그 후 1962년에도 역시 이를 소재로 한 같은 영화가 제작되어 교육목적으로 대한민국 학생이라면 모두 단체관람하기에 이른다.

그리고 이후 유관순 열사는 1962년 대한민국 건국훈장 독립장이 추서되고(실제 주동자인 김구웅 의사는 1977년이 되어서야 대통령 표창(1991년 애국장)) 그 후 계속해서 병천에 그녀를 기념하기 위한 각종 사업들이 줄을 이었으며 그 결과 유관순 기념교회 건립(1967), 추모각과 봉화탑 건립(1972), 유관순 열사 동상 건립(1983), 유관순 생가 복원(1991), 유관순 기념관 건립(2003) 등이 이루어진다."

하지만 논문을 쓴 전해주 씨나 최정철 지사의 증손자인 김운식 씨는 이러한 사항을 두고 오해해서는 안 되는 점이 있다고 강조했다. 바로 유관순 열사의 고귀한 독립운동 이야기가 폄훼(貶毁, 남을 깎아 내려 헐뜯음)되어서는 안 된다는 이야기였다. 물론 나 역시도 그 점에 대해서는 공감하는 바다. 유관순 열사야 말로 만세 현장에서 아버지 어머니를 비롯한 7명의 친인척을 잃은 당사자이며 본인도 만세운동을 부르다가 옥중 순국을 한 몸이 아니던가!

논문을 쓴 전해주 씨는 "유관순 열사는 감옥에 잡혀 방대한 재판 기록이 있지만 김구응 의사는 당일 현장에서 바로 순국하는 바람에 재판 같은 기록이 없을 뿐 아니라 순국 뒤에 일제로부터 해방되기 전까지 남은 가족들이 입을 피해를 생각하여 그 어떤 기록 같은 것을 남기지 않은 것이 김구응 의사를 제대로 평가하지 못한 이유" 로 보았다.

최정철 지사의 증손자인 김운식 씨와 헤어져 돌아오면서 그가 왜 이 논문을 내 손에 들려주었는지 곰곰 생각해 보았다. 특히 3·1만세 운동이 일어난 이듬해의 역사책으로 1920년에 나온 김병조 선생의《한국독립운동사략(韓國獨立運動史略)》과 박은식 선생의《한국독립운동지혈사(韓國獨立運動之血史)》에 나오는 천안 아우내장터 만세운동 기사 속에 "주모자 김구응" 부분은 몇 줄 안 되지만 의미심장한 내용이었다.

역사의 소중한 순간을 기억한다는 것은 두말할 나위 없이 중요한 일이다. 더군다나 나라를 잃고 혈혈단신으로 고군분투한 독립투사들의 이야기는 우리로 하여금 옷깃을 여미게 한다. 98년 전, 천안 아우내장터 만세운동 주모자로 현장에서 일제의 총칼을 맞고 순국한 김구응 의사, 그리고 그런 참극을 지켜보며 일제를 향해 "나라를 되찾겠다고 만세 운동을 한게 무슨 죄냐?" 고 호통을 치며 숨져간 최정철 지사 모자(母子) 이야기는 눈물 없이는 들을 수 없는 생생한 실화요, 독립운동사에 영원히 기록될 장렬한 이야기였다.

그러나 천안 아우내장터의 만세운동을 한 주모자의 무덤은 안내용 팻말도 없이 쓸쓸했다. 나는 무덤 가에서 3년 전 광복 70주년(2015)을 맞아 국회에서 있었던 대토론회를 떠올렸다.

그때 나는 "여성독립운동가를 어떻게 알릴 것인가?" 라는 주제로 토론회에 참석했는데, 이러한 주제를 설정한 까닭은 유관순 열사 외에 우리 국민이 알고 있는 여성독립운동가가 너무나 빈약한 실정을 평소 안타깝게 생각하고 있었기 때문이다.

토론회에서 나는 유관순(1902~1920, 18살) 열사 보다 1살 어린 나이로 서대문 형무소에서 순국한 동풍신(1904~1921, 17살) 열사를 비교 조사하여 발표했었다. 그 자료를 토대로 보면 유관순 열사에 관한 단행본은 17권, 논문은 150여 편, 영화, 다큐 등

EBS 5부작 프로그램 외 다수, 기념관 182,169㎡(55,000여 평)에 추모관, 체육관 등의 시설을 갖추고 있음을 밝힌 적이 있다.

– 광복·분단 70주년 기념 대토론회, 〈통일의 길 한국여성, 독립운동에서 찾다〉, "여성독립운동가를 어떻게 알릴 것인가?" 이윤옥, 2015.2.25. 국회의원회관 대회의실, 자료집 80쪽 참조 –

김구응 의사와 최정철 지사 이야기를 하면서 유관순 열사 이야기를 꺼낸 것은 유관순 열사도 훌륭한 의인(義人)이지만 이 모자(母子)야 말로 천안 아우내장터 만세운동의 주역이라는 점을 말하고 싶었기 때문이다.

"저는 증조할머니(최정철)와 할아버지(김구응)가 독립투쟁에서 보인 용기있는 행동에 존경심을 가지고 있습니다. 진명여학교 교사 등을 하면서 지역 유지로서 아우내장터 만세 운동을 이끌다가 한날한시에 순국의 길을 걸은 두 분의 삶을 기억하는 우리가 되었으면 합니다."

▲ 증손자 김운식 씨와 대담하는 필자

무덤을 내려오면서 나는 증손자 김운식 씨가 한 말을 떠 올렸다. 비록 찾는 이가 없는 쓸쓸한 무덤이지만 조국의 독립을 위해

값있는 죽음을 맞이한 모자(母子)의 삶은 결코 헛되지 않았다고 생각했다. 그들의 헌신으로 조국이 광복을 맞이했기 때문이다.

〈이 글은 2018년 1월 3일 '신한국문화신문' 에 실은 기사임〉

미국 동포의 가슴에 독립의 불 지핀

'한성선'

구월산 정기 받고 자라다
서른아홉에 떠난
하와이 사탕수수밭 노동 길

뼈마디 마디 스미는
고통 견디며
일군 백만장자 탑은

망국의 한 씻어낼
성공의 열매

아낌없이 쏟아 부은 돈
독립의 불쏘시개 되어

광복의 불꽃
활짝 당겼어라

한성선 (韓成善, 1864. 4. 29. ~ 1950. 1. 4.) **애국지사**

황해도 해주 출신인 한성선 지사는 원래 문성선(文成善)이지만 미국으로 이주한 뒤 남편 성을 따라 한성선으로 바꾸고 2015년 애족장 서훈 때도 한성선을 따르고 있다.

한성선 지사는 미주 독립운동사의 한 획을 그은 한시대(韓始大, 독립장, 1995) 선생의 자랑스런 어머니이다. 그는 아들 못지않은 독립운동의 선각자요, 사업가로 미주 독립운동에 중요한 인물로 알려져 있다.

56살의 적잖은 나이로 한성선 지사는 1919년 3월 2일 미국 캘리포니아주 다뉴바에서 조직된 신한부인회 대표로 활약했다. 또한 같은 해 8월 미국 내 여성단체 통합 조직인 대한여자애국단을 설립하였으며 1921년부터 1924년까지는 대한여자애국단 총단장을 지냈다.

한성선 지사는 직접 독립운동을 뒷받침할 단체를 만들어 활동하는 한편 사업에서 번돈으로 1918년부터 1945년까지 거액의 독립자금을 적극 지원했다. 물론 이 일이 가능했던 것은 아들 한시대 선생의 사업성공과 관련이 깊다.

황해도 해주에서 나고 자란 한성선 지사는 1903년 39살의 나이로 가족과 함께 하와이 노동이민의 길을 떠났다. 당시 아들의 나이는 15살이었다. 초기 하와이 노동이민자들의 삶이 대부분 그러하듯이 사탕수수밭에서 열악한 노동 상황은 이민자들을 미국 본토로 떠나게 만들었다. 한성선 지사 가족도 하와이 이민 10년 만인 1913년, 샌프란시스코로 떠났다. 처음에는 멘티카 지역에서 사탕무를 재배했고, 다시 딜라노로 이주해서 포

도농사를 지었다.

말도 통하지 않는 낯선 땅이었지만 부지런함 하나로 이를 악물고 가족들은 있는 힘을 다해 사업을 확장해갔다. 성실과 신의로 경영한 과일도매상, 정원 묘목 재배 등 다양한 사업은 순탄대로 성공적이었다. 그러한 과정에서 한성선 지사는 사업성공으로 번 돈을 독립자금에 쾌척하게 된다.

또한 자신은 물론이고 아들 한시대를 대한인국민회와 재미한족연합위원회, 흥사단의 중심인물로 키웠고 며느리 박영숙(朴永淑, 1891. 7. 20.~1965. 건국포장. 2017) 역시 독립운동에 적극 참여하게 하였다. 며느리 박영숙은 1919년 3월 미국 다뉴바에서 신한부인회 서기, 1919년부터 1924년까지 대한여자애국단 총부위원, 1921년 다뉴바 국민대표회 회원, 1922년 대한여자애국단 다뉴바 총부재무로 활동하였다.

그뿐만이 아니라 며느리 박영숙은 1930년부터 1939년까지 대한인국민회 딜라노 지방회원, 1940년부터 1942년까지 대한여자애국단 딜라노 지부 재무, 1943년 동 지부단장 등으로 활동했다. 시어머니 한성선 지사의 뒤를 잇는 든든한 동지였던 것이다.

한성선 지사는 1919년 10월 대한여자애국단 총부위원으로 활동을 시작한 이래 1921년 11월 25일 다뉴바에서 국민대표회기성회를 조직하였다. 1922년 8월 5일 대한여자애국단 총단장으로 애국단 창립 3주년 기념식을 주관하였고, 1923년 다뉴바에서 열린 3·1절 경축식에서 연설하였다. 1924년 2월 대한여자애국단 총부위원으로 총선거 대표회를 소집하였고, 4월 애국단 총부가 샌프란시스코로 이전되자 예식에 참석하였다.

그 뒤 딜라노로 이주하여 1931년과 1932년 3·1절 기념식, 1937년 5월 순국선열추도식과 8월 애국단 창립기념식, 1939년

2월 국민회 창립기념식에 참석하는 등 조국의 독립을 위한 미국 내 활동이라면 어디든 달려가 힘을 보탰다. 그럴 때마다 한성선 지사는 언제나 두툼한 독립자금 봉투를 잊지 않았다. 한평생 조국독립을 위해 뛰어오던 한성선 지사는 감격의 광복을 맞이한 5년 뒤인 1950년 1월 4일 86살을 일기로 미국에서 조용히 숨을 거두었다.

정부는 고인의 공훈을 기려 2015년에 건국훈장 애족장을 추서하였다.

▲ 한성선 지사 가족, 둘째 줄 왼쪽부터 세 번째가 며느리 박영숙(건국포장, 2017), 한성선 지사, 한시대 (독립장, 1995) 선생이다. 아들 한시대 선생은 5남 2녀를 두었다.(1948)

더보기 미주 독립운동사에 빛나는 아드님 한시대(韓始大) 애국지사

"법률 없는 우리는 양심으로 법률을 삼고, 재산 없는 우리는 노력으로 재산을 만들고, 또 나라 없는 우리는 독립운동으로 나라를 찾아야 우리 자신이 살 수 있는 것이올시다."

이는 한시대(韓始大, 1889. 9. 18. ~ 1981. 5.) 지사의 말로 그의 독립의지를 엿볼 수 있다. 한시대 지사는 미국 대한인국민회와 재미한족연합위원회 그리고 흥사단의 중심인물이었다. 황해도 해주 출신인 그는 15살 되던 해인 1903년, 뚜렷한 민족의식을 지닌 부모님을 따라 미국 하와이로 건너갔다. 그 뒤 1913년 샌프란시스코로 옮겨 고등학교를 졸업한 뒤 멘티카에서 사탕무 농장을 경영하였다.

1916년 한시대 지사는 멘티카에서 아버지를 도와 대한인국민회 멘티카지방회를 설립하면서 처음으로 독립운동에 뛰어들었다. 27살 때 일이다. 조국의 3·1만세운동 소식이 미주 한인사회에 전해져 대한인국민회 주관으로 독립의연금 모금활동이 본격적으로 펼쳐질 때 한시대 지사 가족은 모두가 적극 동참하였다.

한시대 지사는 구미위원부를 지원하기 위해 독립공채를 구입하고 외교비 지원활동을 펼치는 한편, 1924년 무렵 다뉴바 한인국어학교의 교장이 되어 한인 2세의 민족교육에도 앞장섰다.

1930년 딜레노지방회를 설립하고 회장에 취임하였으며, 1936년 재미한인사회의 발전을 위해 실행위원이 되어 대한인국민회를 재건하고 부흥시키는데 앞장섰다. 1937년 새로 재건된 대한인국민회의 중앙집행위원으로 대한민국임시정부를 중심으로 한 독립운동을 펼쳤다. 그는 LA에 총회관 신축을 추진할 때 건축준비위원으로 참여하여 가장 많은 의연금을 납부하는 등 총회관 건축을 위해 온 힘을 쏟았다.

1940년 대한인국민회 중앙집행위원회 위원장에 뽑혀 대한민국임시정부의 한국광복군 창설을 적극 후원하였으며, 하와이 대한인국민회와 동지회를 결집하기 위해 호놀룰루에서 해외한족대회를 열었다. 이 대회는 대한민국임시정부를 중심으로 결집하여 통일된 독립운동을 하자는 취지로 미주 9개 단체 대표가 모인 대규모 한인대회였다. 여기서 한시대 지사는 대회 부의장에 뽑혀 해외한족대회 결의안을 이끌어냈다.

대한인국민회 중앙집행위원장 일은 3년 연속 맡았으며, 1944년부터 1945년까지는 재미한족연합위원회 집행부위원장에 뽑혔다. 이처럼 한국의 독립문제가 국제 열강으로부터 주목을 받고 있던 엄중한 시기에 대한인국민회 중앙집행위원장과 재미한족연합위원회 집행부위원장을 역임하면서 재미 한인사회의 통합과 독립운동을 이끌어 갔다.

한시대 지사는 1945년 6월 미주 한인사회의 공식입장을 정리한 비망록을 작성해 연합국 외교관들과 언론사에 발송하였다. 비망록에는 카이로선언을 신뢰하며 한국 국민은 연합국의 일원으로 태평양전쟁에서 최후의 승리를 촉진시키는데 앞장설 것임을 밝혔다. 또한, 해외한족대표단의 명의로 미국 언론기자들과 각국 주요 통신기자를 초청해 만찬회를 열고 한국독립을 위한 동정과 지지를 얻어냈다.

광복 이후, 재미한족연합위원회대표단을 결성하여 대표단 단장으로 국내에 입국하여 국가건설을 위한 방안을 모색하고자 하였다. 고국에서의 활동을 마친 뒤 미국으로 돌아가 농장 경영과 흥사단 활동에 전념하였다. 아버지의 영향을 받아 일찍부터 강렬한 민족의식을 갖고 있던 한시대 지사는 농업인으로 성공한 사업가였을 뿐 아니라 한인사회를 통합해 독립운동을 이끈 민족지도자였다.

정부는 미주지역 독립운동 단체의 통합을 이끌며 조국의 독립을 위해 헌신한 고인의 공훈을 기려 1995년 건국훈장 독립장을 추서하였다.

▲ 한시대, 박영숙 부부 독립운동가

참고문헌 (가나다순)

【책】

『간호사의 항일구국운동』 대한간호협회, 박용옥 감수, 2012

『기전80년사』 전주기전여고, 1982

『대한민국독립운동공훈사』 김후경·신재홍, 한국민족운동연구소, 1971

『대한민국독립유공인물록』 국가보훈처, 1997

『대한민국임시정부사』 이현희, 집문당, 1982

『대한여자애국단사』 신한민보사, 김운하, 1979

『독립운동사자료집』 7·8·9·10·11·14권, 독립운동사편찬위원회1973·1974·1983

『독립군의 전투』 신재홍, 민족문화협회, 1980

『동래학원80년지(東萊學園八十年誌)』 동래학원팔십년지편찬위원회 편, 1971

『미국 독립유공자 전집 '애국지사의 꿈' 』 민병용, 한인역사박물관, 2015

『미주이민100년』 한국일보사 출판국, 민병용, 1986

『미주한인사회와 독립운동 = (The)independence movement and its outgrowth by Korean Americans. 1』 조영근, 차종환, 안기식, 민병수, 정진철, 잔서, 박상원, 모종태, 민병용, 김복삼, 김영욱, 이광덕, Los Angeles 미주한인 이민 100주년 남가주기념사업회, 2003

『부산, 역사향기를 찾아서』 부산은행, 2005

『사진으로 보는 독립운동』 상·하, 이규헌 해설, 서문당, 1987

『서간도에 들꽃 피다』 (시로 읽는 여성독립운동가) 1~7권, 이윤옥, 도서출판 얼레빗, 2011-2017

『선교편지·장로회 최초의 여학교-』 정신여학교사료연구위원회편찬, 홍성사, 2014

『수피아百年史』 1908~2008, 광주수피아여자중·고등학교, 2008

『송암교회 1962년부터 44년사』 , 2006

『양양군지 상, 하』 양양문화원, 2010

『여성독립운동사 자료총서〈1〉』 3·1운동 편, 행정자치부 국가기록원, 2016

『여성독립운동가 박차정』(문화전통논집 14), 경성대학교 한국학연구소, 박철규, 2007
『여성조선의용군 박차정 의사』 강대민, 고구려사, 2004
『이화100년사』 이화100년사편찬위원회, 이화여자대학교, 1994
『日帝侵略史韓國36年史(國史編纂委員會)』 제5권~13권 독립운동사편찬위원회
『정신백년사』 정신백년사출판위원회, 1989
『조국을 찾기까지』(1905-1945 韓國女性活動秘話) 上, 中, 下, 최은희, 탐구당, 1973
『朝鮮女性讀本 : 女性解放運動史』 崔華星, 百羽社, 1949
『재미한인오십년사』 캘리포니아, 김원용, 1959
『차라리 통곡이기를』 조애실, 傳藝苑, 1977
『출범(出帆)』 조애실, 시인사, 1979
『추계 최은희 전집』 1~3, 최은희, 최은희여기자상 관리위원회, 1991
『한국교회 전도부인 자료집(자료총서 제25집)』 여성사연구회, 한국기독교역사연구소, 1999
『한국근대여성사 : 1905~1945 조국을 찾기까지. 상, 중, 하 』 최은희, 최은희여기자상 관리위원회, 2003
『한국근대여성운동사연구』 박용옥, 한국정신문화연구원, 1984
『한국기독교여성운동의 역사』 1910년-1945년, 윤정란, 국학자료원, 2003
『한국여성독립운동사: 3·1운동 60주년 기념』 3·10여성동지회 문화부 편, 3·10여성동지회, 1980

【신문】

〈공판에 회부된 소녀회원들〉 동아일보 1930.9.30
〈공치순의 본국 수재 의연금〉 신한민보.1936.10.29
〈김귀선 지사〉 신한국문화신문 2017.11.17
〈김반수 지사〉 신한국문화신문 2017.11.10

〈김자혜, 오클랜드 동포의 열심〉 신한민보 1928.10.25
〈내지(조선)의 독립단 소식 가운데 전주, 광주, 임실, 남원의 독립운동〉 신한민보.1919.5.6
〈늦었지만 활발했던 광양의 만세 운동, 진신애 기사〉 광양지역 3·1운동사-①, 광양시민신문. 2013.2.25
〈미국 이민 31년 만에 모국 나들이 한 김형순〉 동아일보 1962.9.28
〈오항선 지사〉 신한국문화신문 2017.11.27
〈윤형숙 열사〉 신한국문화신문 2017.11.20
〈이월봉 지사〉 신한국문화신문 2017.12.5
〈조숙경양 일본유학〉 동아일보 1922.4.15
〈조애실 지사〉 신한국문화신문 2017.12.16
〈항일운동 김경순·이소희, 국가유공자 포상〉 강원도민일보. 2016. 3.1
〈항일운동과 강원 선각여성 3〉 3·1 독립운동 곽진근, 강원도민일보. 2015. 8.14
〈차보석 지사〉 신한국문화신문 2018.1.29
〈철원 독립군의 판결〉 독립신문 1919. 10.14
〈최정철 지사〉 신한국문화신문 2018.1.3

【잡지와 논문】

「경성성서학원에 대한 연구, 1907~1943」 장금현, 서울신학대학교성결교회역사연구소, 〈성결교회와 신학〉 제7집, 2002.5
「경성성서학원의 초기 발전과정 연구」 정상운, 논문집 〈신학·자연과학편 29〉 성결대학교, 1907-1940년, 2000. 12
광복·분단 70주년 기념 대토론회, 〈통일의 길 한국여성, 독립운동에서 찾다〉, "여성 독립운동가를 어떻게 알릴 것인가?" 이윤옥, 국회자료집, 2015.2.25
「성공회 병천교회의 3·1 아우내 만세운동에 대한 기여」 전해주, 성공회대학 석사논문, 2006
「여성해방, 민족해방을 위해 살다간 박차정」 이송희, 〈독립기념관〉, 통권 제285호,

2011
「영웅 安重根 가문의 離散과 죽음, 安重根의 직계후손, 全 세계로 뿔뿔이 흩어져」
〈월간조선 뉴스룸〉 2009. 12
「이월봉 지사 대담」〈주간경향〉, 통권 374호, 1976, 2월호

【인터넷】

공훈전자사료관 http://e-gonghun.mpva.go.kr
국사편찬위원회 한국사데이터베이스 http://db.history.go.kr
국회전자도서관 http://www.nanet.go.kr
독립운동관련 판결문 http://theme.archives.go.kr
민족문제연구소 http://www.minjok.or.kr
부산문화역사대전 http://busan.grandculture.net
한국역대인물종합시스템 http://people.aks.ac.kr
한국위키피디어 http://ko.wikipedia.org
한국학중앙연구원 http://encykorea.aks.ac.kr

부록 1

이달의 독립운동가

1992년 1월 1일부터 ~ 2018년 12월까지

연도	1월	2월	3월	4월	5월	6월	7월	8월	9월	10월	11월	12월
1992	김상옥	편강렬	손병희	윤봉길	이상룡	지청천	이상재	서 일	신규식	이봉창	이회영	나석주
1993	최익현	조만식	황병길	노백린	조명하	윤세주	나 철	**남자현**	이인영	이장녕	정인보	오동진
1994	이원록	임병찬	한용운	양기탁	신팔균	백정기	이 준	양세봉	안 무	조성환	김학규	남궁억
1995	김지섭	최팔용	이종일	민필호	이진무	장진홍	전수용	김 구	차이석	이강년	이진룡	조병세
1996	송종익	신채호	신석구	서재필	신익희	유일한	김하락	박상진	홍 진	정인승	전명운	정이형
1997	노응규	양기하	박준승	송병조	김창숙	**김순애**	김영란	박승환	이남규	김약연	정태진	남정각
1998	신언준	민긍호	백용성	황병학	김인전	이원대	**김마리아**	안희제	장도빈	홍범도	신돌석	이윤재
1999	이의준	송계백	**유관순**	박은식	이범석	이은찬	주시경	김홍일	양우조	안중근	강우규	김동식
2000	유인석	노태준	김병조	이동녕	양진여	이종건	김한종	홍범식	오성술	이범윤	장태수	김규식
2001	기삼연	윤세복	이승훈	유림	안규홍	나창헌	김승학	**정정화**	심 훈	유 근	민영환	이재명
2002	곽재기	한 훈	이필주	김 혁	송학선	민종식	안재홍	남상덕	고이허	고광순	신 숙	장건상
2003	김 호	김중건	유여대	이시영	문일평	김경천	채기중	**권기옥**	김태원	기산도	오강표	최양옥
2004	허 위	김병로	오세창	이 강	**이애라**	문양목	권인규	홍학순	최재형	조시원	장지연	오의선
2005	**최용신**	최석순	김복한	이동휘	한성수	김동삼	채응언	안창호	조소앙	김좌진	황 현	이상설
2006	유자명	이승희	신홍식	엄항섭	**박차정**	곽종석	강진원	박 열	현익철	김 철	송병선	이명하
2007	임치정	김광제 서상돈	권동진	손정도	**조신성**	이위종	구춘선	정환직	박시창	권득수	주기철	윤동주
2008	양한묵	문태수	장인환	김성숙	박재혁	김원식	안공근	유동열	**윤희순**	유동하	남상목	박동완
2009	우재룡	김도연	홍병기	윤기섭	양근환	윤병구	**박자혜**	박찬익	이종희	안명근	장석천	계봉우
2010	방 한민	김상덕	차희식	염온동	**오광심**	김익상	이광민	이중언	권 준	최현배	심남일	백일규
2011	신현구	강기동	이종훈	조완구	**어윤희**	조병준	홍 언	이범진	나태섭	김규식	문석봉	김종진
2012	이 갑	김석진	홍원식	김대지	**지복영**	김법린	여 준	이만도	김동수	이희승	이석용	현정권
2013	이민화	한상렬	양전백	김붕준	**차경신**	김원국	헐버트	강영소	황학수	이성구	노병대	원심창
2014	김도현	구연영	전덕기	연병호	**방순희**	백초월	최중호	베 델	나월환	한 징	이경채	오면직
2015	황상규	이수흥	박인호	죠지루이스쇼	**안경신**	류인식	송헌주	연기우	이준식	이 탁	이 설	문창범
2016	조희제	한시대	스코필드	오영선	문창학	안승우	**이신애**	채광묵 채규대	나중소	나운규	이한응	최수봉
2017	이소응	이태준	권병덕	이상정	방정환	장덕준	**조마리아**	김수만	고운기	채상덕	이근주	김치보
2018	조지애쉬 모어피치	김규면	김원벽	윤현진	신건식 **오건해**	이대위	**연미당**	김교헌	최용덕	현천묵	조경환	유상근

*밑줄 그은 고딕 글씨는 여성독립운동가임

부록 2

여성 서훈자 독립운동가 292명

2017년 12월 31일 현재

이름	한자	태어난날	숨진날	서훈일	훈격	독립운동계열
강원신	康元信	1887	1977	1995	애족장	미주방면
강주룡	姜周龍	1901	1932. 6.13	2007	애족장	국내항일
강혜원	康蕙園	1885.12.21	1982. 5.31	1995	애국장	미주방면
고수복	高壽福	(1911)	1933.7.28	2010	애족장	국내항일
고수선	高守善	1898. 8. 8	1989.8.11	1990	애족장	임시정부
고순례	高順禮	1930:19세	모름	1995	건국포장	학생운동
공백순	孔佰順	1919. 2. 4	1998.10.27	1998	건국포장	미주방면
곽낙원	郭樂園	1859. 2.26	1939. 4.26	1992	애국장	중국방면
곽진근	郭鎭根	1861	모름	1995	대통령표창	3 · 1운동
곽희주	郭喜主	1902.10.2	모름	2012	대통령표창	학생운동
구순화	具順和	1896. 7.10	1989. 7.31	1990	애족장	3 · 1운동
권기옥	權基玉	1901. 1.11	1988.4.19	1977	독립장	중국방면
권애라	權愛羅	1897. 2. 2	1973. 9.26	1990	애국장	3 · 1운동
권영복	權永福	1878.2.28	모름	2015	건국포장	미주방면
김경순	金敬順	1900.5.3	모름	2016	대통령표창	3 · 1운동
김경희	金慶喜	1919:31세	1919. 9.19	1995	애국장	국내항일
김공순	金恭順	1901. 8. 5	1988. 2. 4	1995	대통령표창	3 · 1운동
김귀남	金貴南	1904.11.17	1990. 1.13	1995	대통령표창	학생운동
김귀선	金貴先	1923.12.19	2005.1.26	1993	건국포장	학생운동
김금연	金錦연	1911.8.16	2000.11.4	1995	건국포장	학생운동
김나열	金羅烈	1907.4.16	2003.11.1	2012	대통령표창	학생운동
김나현	金羅賢	1902.3.23	1989.5.11	2005	대통령표창	3 · 1운동
김낙희	모름	모름	모름	2016	건국포장	미주방면

이름	한자	태어난날	숨진날	서훈일	훈격	독립운동계열
김난줄	金蘭茁	1904.6.1	1983.7.15	2015	대통령표창	3 · 1운동
김덕세	金德世	1894.12.28	1977.5.5	2014	대통령표창	미주방면
김덕순	金德順	1901.8.8	1984.6.9	2008	대통령표창	3 · 1운동
김도연	金道演	1894.9.24	모름	2016	건국포장	미주방면
김독실	金篤實	1897. 9.24	모름	2007	대통령표창	3 · 1운동
김두석	金斗石	1915.11.17	2004.1.7	1990	애족장	문화운동
김락	金洛	1863. 1.21	1929. 2.12	2001	애족장	3 · 1운동
김마리아	金마利亞	1903.9.5	모름	1990	애국장	만주방면
김마리아	金瑪利亞	1892.6.18	1944.3.13	1962	독립장	국내항일
김반수	金班守	1904. 9.19	2001.12.22	1992	대통령표창	3 · 1운동
김병인	金秉仁	1915.6.2	2012	2017	애족장	중국방면
김복선	金福善	1901.7.27	모름	2015	대통령표창	3 · 1운동
김봉식	金鳳植	1915.10. 9	1969. 4.23	1990	애족장	광복군
김봉애	金奉愛	1911.11.18	모름	2015	대통령표창	3 · 1운동
김성심	金誠心	1883	모름	2013	애족장	국내항일
김성일	金聖日	1898.2.17	(1961년)	2010	대통령표창	3 · 1운동
김수현	金秀賢	1898.6.9	1985.3.25	2017	애족장	중국방면
김숙경	金淑卿	1886. 6.20	1930. 7.27	1995	애족장	만주방면
김숙영	金淑英	1920. 5.22	2005.12.13	1990	애족장	광복군
김순도	金順道	1921:21세	1928년	1995	애족장	중국방면
김순애	金淳愛	1889. 5.12	1976. 5.17	1977	독립장	임시정부
김순이	金順伊	1903.7.18	모름	2014	애국장	3 · 1운동
김신희	金信熙	1899.4.16	1993.4.23	2010	대통령표창	3 · 1운동
김씨	金氏	1899년	1919. 4.15	1991	애족장	3 · 1운동
김씨	金氏	모름	1919. 4.15	1991	애족장	3 · 1운동
김안순	金安淳	1900.3.24	1979.4.4	2011	대통령표창	3 · 1운동
김알렉산드라	金알렉산드라	1885.2.22	1918.9.16	2009	애국장	노령방면
김애련	金愛蓮	1902. 8.30	1996.11.5	1992	대통령표창	3 · 1운동
김연실	金蓮實	1898.1.16	모름	2015	건국포장	미주방면
김영순	金英順	1892.12.17	1986.3.17	1990	애족장	국내항일

이름	한자	태어난날	숨진날	서훈일	훈격	독립운동계열
김영실	金英實	모름	1945.10	1990	애족장	광복군
김옥련	金玉連	1907. 9. 2	2005.9.4	2003	건국포장	국내항일
김옥선	金玉仙	1923.12. 7	1996.4.25	1995	애족장	광복군
김옥실	金玉實	1906.11.18	1926.6.2	2012	대통령표창	학생운동
김옥연	金玉連	1907.9.2	2005.9.4	2003	건국포장	국내항일
김온순	金溫順	1898	1968.1.31	1990	애족장	만주방면
김용복	金用福	1890	모름	2013	애족장	국내항일
김원경	金元慶	1898	1981.11.23	1963	대통령표창	임시정부
김윤경	金允經	1911. 6.23	1945.10.10	1990	애족장	임시정부
김응수	金應守	1901. 1.21	1979. 8.18	1995	대통령표창	3 · 1운동
김인애	金仁愛	1898.3.6	1970.11.20	2009	대통령표창	3 · 1운동
김자혜	金慈惠	1884.9.22	1961.11.22	2014	건국포장	미주방면
김점순	金点順	1861. 4.28	1941. 4.30	1995	대통령표창	국내항일
김정숙	金貞淑	1916. 1.25	2012.7.4	1990	애국장	광복군
김정옥	金貞玉	1920. 5. 2	1997.6.7	1995	애족장	광복군
김조이	金祚伊	1904.7.5	모름	2008	건국포장	국내항일
김종진	金鍾振	1903. 1.13	1962. 3.11	2001	애족장	3 · 1운동
김죽산	金竹山	1891	모름	2013	대통령표창	만주방면
김치현	金致鉉	1897.10.10	1942.10. 9	2002	애족장	국내항일
김태복	金泰福	1886년	1933.11.24	2010	건국포장	국내항일
김필수	金必壽	1905.4.21	(1972.11.23)	2010	애족장	국내항일
김해중월	金海中月	모름	모름	2015	대통령표창	3 · 1운동
김향화	金香花	1897.7.16	모름	2009	대통령표창	3 · 1운동
김현경	金賢敬	1897. 6.20	1986.8.15	1998	건국포장	3 · 1운동
김화순	金華順	1894.9.21	모름	2016	대통령표창	3 · 1운동
김화용	金花容	모름	모름	2015	대통령표창	3 · 1운동
김홍식	金弘植	1908.4.19	모름	2014	애족장	국내항일
김효숙	金孝淑	1915. 2.11	2003.3.24	1990	애국장	광복군
김효순	金孝順	1902.7.23	모름	2015	대통령표창	3 · 1운동
나은주	羅恩周	1890. 2.17	1978. 1. 4	1990	애족장	3 · 1운동

이름	한자	태어난날	숨진날	서훈일	훈격	독립운동계열
남자현	南慈賢	1872.12.7	1933.8.22	1962	대통령장	만주방면
남협협	南俠俠	1913	모름	2013	대통령표창	학생운동
노순경	盧順敬	1902.11.10	1979. 3. 5	1995	대통령표창	3 · 1운동
노영재	盧英哉	1895. 7.10	1991.11.10	1990	애국장	중국방면
노예달	盧禮達	1900.10.12	모름	2014	대통령표창	3 · 1운동
동풍신	董豊信	1904	1921	1991	애국장	3 · 1운동
두쥔훼이	杜君慧	1904	1981	2016	애족장	독립운동지원
문복금	文卜今	1905.12.13	1937. 5.22	1993	건국포장	학생운동
문응순	文應淳	1900.12.4	모름	2010	건국포장	3 · 1운동
문재민	文載敏	1903. 7.14	1925.12.	1998	애족장	3 · 1운동
미네르바구타펠	M.L.Guthapfel	1873	1942	2015	건국포장	미주방면
민영숙	閔泳淑	1920.12.27	1989.03.17	1990	애국장	광복군
민영주	閔泳珠	1923.8.15	생존	1990	애국장	광복군
민옥금	閔玉錦	1905. 9. 5	1988.12.25	1990	애족장	3 · 1운동
박계남	朴繼男	1910. 4.25	1980. 4.27	1993	건국포장	학생운동
박금녀	朴金女	1926.10.21	1992.7.28	1990	애족장	광복군
박기은	朴基恩	1925. 6.15	2017.1.7	1990	애족장	광복군
박복술	朴福述	1903.8.30	모름	2012	대통령표창	학생운동
박성순	朴聖淳	1901.4.12	모름	2016	대통령표창	3 · 1운동
박순애	朴順愛	1900.2.2	모름	2014	대통령표창	3 · 1운동
박승일	朴昇一	1896.9.19	모름	2013	에족장	국내항일
박신애	朴信愛	1889. 6.21	1979. 4.27	1997	애족장	미주방면
박신원	朴信元	1872년	1946. 5.21	1997	건국포장	만주방면
박애순	朴愛順	1896.12.23	1969. 6.12	1990	애족장	3 · 1운동
박연이	朴連伊	1900.2.20	1945.4.7	2015	대통령표창	3 · 1운동
박옥련	朴玉連	1914.12.12	2004.11.21	1990	애족장	학생운동
박우말례	朴又末禮	1902. 3.13	1986.12.7	2011	대통령표창	3 · 1운동
박원경	朴源炅	1901.8.19	1983.8.5	2008	애족장	3 · 1운동
박원희	朴元熙	1898.3.10	1928.1.5	2000	애족장	국내항일
박음전	朴陰田	1907.4.14	모름	2012	대통령표창	학생운동

이름	한자	태어난날	숨진날	서훈일	훈격	독립운동계열
박자선	朴慈善	1880.10.27	모름	2010	애족장	3 · 1운동
박자혜	朴慈惠	1895.12.11	1944.10.16	1990	애족장	국내항일
박재복	朴在福	1918.1.28	1998.7.18	2006	애족장	국내항일
박정선	朴貞善	1874	모름	2007	애족장	국내항일
박정수	朴貞守	1901.3.8	모름	2015	대통령표창	3 · 1운동
박차정	朴次貞	1910. 5. 7	1944. 5.27	1995	독립장	중국방면
박채희	朴采熙	1913.7.5	1947.12.1	2013	건국포장	학생운동
박치은	朴致恩	1886. 6.17	1954.12. 4	1990	애족장	국내항일
박현숙	朴賢淑	1896	1980.12.31	1990	애국장	국내항일
박현숙	朴賢淑	1914.3.28	1981.1.23	1990	애족장	학생운동
방순희	方順熙	1904.1.30	1979.5.4	1963	독립장	임시정부
백신영	白信永	모름	모름	1990	애족장	국내항일
백옥순	白玉順	1911. 7. 3	2008.5.24	1990	애족장	광복군
부덕량	夫德良	1911.11.5	1939.10.4	2005	건국포장	국내항일
부춘화	夫春花	1908. 4. 6	1995. 2.24	2003	건국포장	국내항일
송금희	宋錦姬	모름	모름	2015	대통령표창	3 · 1운동
송명진	宋明進	1902.1.28	모름	2015	대통령표창	3 · 1운동
송미령	宋美齡	1899	2003	1966	대한민국장	임시정부지원
송수은	宋受恩	1882	모름	2013	대통령표창	국내항일
송영집	宋永潗	1910. 4. 1	1984.5.14	1990	애국장	광복군
송정헌	宋靜軒	1920.6.17	2010.3.22	1990	애족장	중국방면
신경애	申敬愛	1907.9.22	1964.5.13	2008	건국포장	국내항일
신관빈	申寬彬	1885.10.4	모름	2011	애족장	3 · 1운동
신마실라	申麻實羅	1892.2.18	1965.4.1	2015	대통령표창	미주방면
신분금	申分今	1886.5.21	모름	2007	대통령표창	3 · 1운동
신순호	申順浩	1922. 1.22	2009.7.30	1990	애국장	광복군
신의경	辛義敬	1898. 2.21	1997.8.11	1990	애족장	국내항일
신정균	申貞均	1899년	1931.7월	2007	건국포장	국내항일
신정숙	申貞淑	1910. 5.12	1997.7.8	1990	애국장	광복군
신정완	申貞婉	1917. 3. 6	2001.4.29	1990	애국장	임시정부

이름	한자	태어난날	숨진날	서훈일	훈격	독립운동계열
신특실	申特實	1900.3.17	모름	2014	건국포장	3 · 1운동
심계월	沈桂月	1916.1.6	모름	2010	애족장	국내항일
심순의	沈順義	1903.11.13	모름	1992	대통령표창	3 · 1운동
심영식	沈永植	1896. 7.15	1983.11. 7	1990	애족장	3 · 1운동
심영신	沈永信	1882. 7.20	1975. 2.16	1997	애국장	미주방면
안경신	安敬信	1877	모름	1962	독립장	만주방면
안애자	安愛慈	(1869년)	모름	2006	애족장	국내항일
안영희	安英姬	1925. 1. 4	1999.8.27	1990	애국장	광복군
안정석	安貞錫	1883.9.13	모름	1990	애족장	국내항일
양방매	梁芳梅	1890.8.18	1986.11.15	2005	건국포장	의병
양순희	梁順喜	1901.9.9.	모름	2016	대통령표창	3 · 1운동
양제현	梁齊賢	1892	1959.6.15	2015	애족장	미주방면
양진실	梁眞實	1875년	1924.5월	2012	애족장	국내항일
어윤희	魚允姬	1880. 6.20	1961.11.18	1995	애족장	3 · 1운동
엄기선	嚴基善	1929. 1.21	2002.12.9	1993	건국포장	중국방면
연미당	延薇堂	1908. 7.15	1981. 1. 1	1990	애국장	중국방면
오건해	吳健海	1894.2.29	1963.12.25	2017	애족장	중국방면
오광심	吳光心	1910. 3.15	1976. 4. 7	1977	독립장	광복군
오신도	吳信道	(1857년)	(1933.9.5)	2006	애족장	국내항일
오영선	吳英善	1887.4.29	1961.2.8	2016	애족장	중국방면
오정화	吳貞嬅	1899. 1.25	1974.11. 1	2001	대통령표창	3 · 1운동
오항선	吳恒善	1910.10. 3	2006.8.5	1990	애국장	만주방면
오희영	吳姬英	1924.4.23	1969.2.17	1990	애족장	광복군
오희옥	吳姬玉	1926. 5. 7	생존	1990	애족장	중국방면
옥운경	玉雲瓊	1904.6.24	모름	2010	대통령표창	3 · 1운동
왕경애	王敬愛	(1863년)	모름	2006	대통령표창	3 · 1운동
유관순	柳寬順	1902.11.17	1920.10.12	1962	독립장	3 · 1운동
유순희	劉順姬	1926. 7.15	생존	1995	애족장	광복군
유예도	柳禮道	1896. 8.15	1989.3.25	1990	애족장	3 · 1운동
유인경	兪仁卿	1896.10.20	1944.3.2	1990	애족장	국내항일

이름	한자	태어난날	숨진날	서훈일	훈격	독립운동계열
유점선	劉點善	1903.11.5	모름	2014	대통령표창	3 · 1운동
윤경열	尹敬烈	1918.2.28	1980.2.7	1982	대통령표창	광복군
윤선녀	尹仙女	1911. 4.18	1994.12.6	1990	애족장	국내항일
윤악이	尹岳伊	1897.4.17	1962.2.26	2007	대통령표창	3 · 1운동
윤용자	尹龍慈	1890.4.30	1964.2.3	2017	애족장	중국방면
윤찬복	尹贊福	1868.1.5	1946.6.19	1990	애족장	국내항일
윤천녀	尹天女	1908. 5.29	1967. 6.25	1990	애족장	학생운동
윤형숙	尹亨淑	1900.9.13	1950. 9.28	2004	건국포장	3 · 1운동
윤희순	尹熙順	1860	1935. 8. 1	1990	애족장	의병
이겸양	李謙良	1895.10.24	모름	2013	애족장	국내항일
이광춘	李光春	1914.9.8	2010.4.12	1996	건국포장	학생운동
이국영	李國英	1921. 1.25	1956. 2. 2	1990	애족장	임시정부
이금복	李今福	1912.11.8	2010.4.25	2008	대통령표창	국내항일
이남순	李南順	1904.12.30	모름	2012	대통령표창	학생운동
이명시	李明施	1902.2.2	1974.7.7	2010	대통령표창	3 · 1운동
이벽도	李碧桃	1903.10.14	모름	2010	대통령표창	3 · 1운동
이병희	李丙禧	1918.1.14	2012.8.2	1996	애족장	국내항일
이살눔 (이경덕)	李살눔	1886. 8. 7	1948. 8.13	1992	대통령표창	3 · 1운동
이석담	李石潭	1859	1930. 5.26	1991	애족장	국내항일
이선경	李善卿	1902.5.25	1921.4.21	2012	애국장	국내항일
이성례	李聖禮	1884	1963	2015	건국포장	미주방면
이성완	李誠完	1900.12.10	모름	1990	애족장	국내항일
이소선	李小先	1900.9.9	모름	2008	대통령표창	3 · 1운동
이소제	李少悌	1875.11. 7	1919. 4. 1	1991	애국장	3 · 1운동
이소희	李昭姬	1886	모름	2016	대통령표창	3 · 1운동
이숙진	李淑珍	1900.9.24	모름	2017	애족장	중국방면
이순승	李順承	1902.11.12	1994.1.15	1990	애족장	중국방면
이신애	李信愛	1891	1982.9.27	1963	독립장	국내항일
이아수	李娥洙	1898. 7.16	1968. 9.11	2005	대통령표창	3 · 1운동
이애라	李愛羅	1894	1922.9.4	1962	독립장	만주방면

이름	한자	태어난날	숨진날	서훈일	훈격	독립운동계열
이옥진	李玉珍	1923.10.18	모름	1968	대통령표창	광복군
이월봉	李月峰	1915.2.15	1977.10.28	1990	애족장	광복군
이의순	李義橓	1895	1945. 5. 8	1995	애국장	중국방면
이인순	李仁橓	1893년	1919.11월	1995	애족장	만주방면
이정숙	李貞淑	1898	1950.7.22	1990	애족장	국내항일
이태옥	李泰玉	1902.10.15	모름	2016	대통령표창	3 · 1운동
이헌경	李憲卿	1870	1956.1.30	2017	애족장	중국방면
이혜경	李惠卿	1889	1968.2.10	1990	애족장	국내항일
이혜련	李惠鍊	1884.4.21	1969.4.21	2008	애족장	미주방면
이혜수	李惠受	1891. 1. 2	1961. 2. 7	1990	애국장	의열투쟁
이화숙	李華淑	1893년	1978년	1995	애족장	임시정부
이효덕	李孝德	1895.1.24	1978.9.15	1992	대통령표창	3 · 1운동
이효정	李孝貞	1913.7.18	2010.8.14	2006	건국포장	국내항일
이희경	李희경	1894. 1. 8	1947. 6.26	2002	건국포장	미주방면
임경애	林敬愛	1911.3.10	2004.2.12	2014	대통령표창	학생운동
임메불	林메불	1886	모름	2016	애족장	미주방면
임명애	林明愛	1886.3.25	1938.8.28	1990	애족장	3 · 1운동
임봉선	林鳳善	1897.10.10	1923. 2.10	1990	애족장	3 · 1운동
임성실	林成實	1883	모름	2015	건국포장	미주방면
임소녀	林少女	1908. 9.24	1971.7.9	1990	애족장	광복군
임수명	任壽命	1894.2.15	1924.11.2	1990	애국장	의열투쟁
임진실	林眞實	1899.8.1	모름	2015	대통령표창	3 · 1운동
장경례	張慶禮	1913. 4. 6	1998.2.19	1990	애족장	학생운동
장경숙	張京淑	1903. 5.13	모름	1990	애족장	광복군
장매성	張梅性	1911	1993.12.14	1990	애족장	학생운동
장선희	張善禧	1894. 2.19	1970. 8.28	1990	애족장	국내항일
장태화	張泰嬅	1878	모름	2013	애족장	만주방면
전수산	田壽山	1894. 5.23	1969. 6.19	2002	건국포장	미주방면
전월순	全月順	1923. 2. 6	2009.5.25	1990	애족장	광복군
전창신	全昌信	1900. 1.24	1985. 3.15	1992	대통령표창	3 · 1운동

이름	한자	태어난날	숨진날	서훈일	훈격	독립운동계열
전흥순	田興順	모름	모름	1963	대통령표창	광복군
정막래	丁莫來	1899.9.8	1976.12.24	2008	대통령표창	3 · 1운동
정수현	鄭壽賢	1887	모름	2016	대통령표창	국내항일
정영	鄭瑛	1922.10.11	2009.5.24	1990	애족장	중국방면
정영순	鄭英淳	1921. 9.15	2002.12.9	1990	애족장	광복군
정정화	鄭靖和	1900. 8. 3	1991.11.2	1990	애족장	중국방면
정찬성	鄭燦成	1886. 4.23	1951. 7.	1995	애족장	국내항일
정현숙	鄭賢淑	1900. 3.13	1992. 8. 3	1995	애족장	중국방면
조계림	趙桂林	1925.10.10	1965. 7.14	1996	애족장	임시정부
조마리아	趙마리아	1862	1927.7.15	2008	애족장	중국방면
조순옥	趙順玉	1923. 9.17	1973. 4.23	1990	애국장	광복군
조신성	趙信聖	1873	1953. 5. 5	1991	애국장	국내항일
조애실	趙愛實	1920.11.17	1998.1.7	1990	애족장	국내항일
조옥희	曺玉姬	1901. 3.15	1971.11.30	2003	대통령표창	3 · 1운동
조용제	趙鏞濟	1898. 9.14	1947. 3.10	1990	애족장	중국방면
조인애	曺仁愛	1883.11. 6	1961. 8. 1	1992	대통령표창	3 · 1운동
조충성	曺忠誠	1895.5.29	1981.10.25	2005	대통령표창	3 · 1운동
조화벽	趙和璧	1895.10.17	1975. 9. 3	1990	애족장	3 · 1운동
주세죽	朱世竹	1899.6.7	(1950년)	2007	애족장	국내항일
주순이	朱順伊	1900.6.17	1975.4.5	2009	대통령표창	국내항일
주유금	朱有今	1905.5.6	모름	2012	대통령표창	학생운동
지복영	池復榮	1920. 4.11	2007.4.18	1990	애국장	광복군
진신애	陳信愛	1900. 7. 3	1930. 2.23	1990	애족장	3 · 1운동
차경신	車敬信	모름	1978.9.28	1993	애국장	만주방면
차미리사	車美理士	1880. 8.21	1955. 6. 1	2002	애족장	국내항일
차보석	車寶錫	1892	1932.3.21	2016	애족장	미주방면
채애요라(채혜수)	蔡愛堯羅	1897.11.9	1978.12.17	2008	대통령표창	3 · 1운동
최갑순	崔甲順	1898. 5.11	1990.11.22	1990	애족장	국내항일
최금봉	崔錦鳳	1896. 5. 6	1983.11.7	1990	애국장	국내항일
최복순	崔福順	1911.1.13	모름	2014	대통령표창	학생운동

이름	한자	태어난날	숨진날	서훈일	훈격	독립운동계열
최봉선	崔鳳善	1904. 8.10	1996.3.8	1992	애족장	국내항일
최서경	崔曙卿	1902. 3.20	1955. 7.16	1995	애족장	임시정부
최선화	崔善嬅	1911. 6.20	2003.4.19	1991	애국장	임시정부
최수향	崔秀香	1903. 1.27	1984. 7.25	1990	애족장	3 · 1운동
최순덕	崔順德	1920;23세	1926. 8.25	1995	애족장	국내항일
최예근	崔禮根	1924. 8.17	2011.10.5	1990	애족장	만주방면
최요한나	崔堯漢羅	1900.8.3	1950.8.6	1999	대통령표창	3 · 1운동
최용신	崔容信	1909. 8.	1935. 1.23	1995	애족장	국내항일
최은희	崔恩喜	1904.11.21	1984. 8.17	1992	애족장	3 · 1운동
최이옥	崔伊玉	1926. 6.16	1990.7.12	1990	애족장	광복군
최정숙	崔貞淑	1902. 2.10	1977. 2.22	1993	대통령표창	3 · 1운동
최정철	崔貞徹	1853. 6.26	1919.4.1	1995	애국장	3 · 1운동
최형록	崔亨祿	1895. 2.20	1968. 2.18	1996	애족장	임시정부
최혜순	崔惠淳	1900.9.2	1976.1.16	2010	애족장	임시정부
하란사(김란사)	河蘭史	1875년	1919. 4.10	1995	애족장	국내항일
한성선	韓成善	1864.4.29	모름	2015	애족장	미주방면
하영자	河永子	1903. 6.27	1993.10. 1	1996	대통령표창	3 · 1운동
한영신	韓永信	1887. 7.22	1969.2.20	1995	애족장	국내항일
한영애	韓永愛	1920.9.9	모름	1990	애족장	광복군
한이순	韓二順	1906.11.14	1980. 1.31	1990	애족장	3 · 1운동
함연춘	咸鍊春	1901.4.8	1974.5.25	2010	대통령표창	3 · 1운동
함용환	咸用煥	1895.3.10	모름	2014	애족장	국내항일
홍순남	洪順南	1902.6.13	모름	2016	대통령표창	3 · 1운동
홍씨	韓鳳周 妻	모름	1919. 3. 3	2002	애국장	3 · 1운동
홍애시덕	洪愛施德	1892. 3.20	1975.10.8	1990	애족장	국내항일
황금순	黃金順	1902.10.15	1964.10.20	2015	애족장	3 · 1운동
황마리아	黃마리아	1865	1937.8.5	2017	애족장	미주방면
황보옥	黃寶玉	(1872년)	모름	2012	대통령표창	국내항일
황애시덕	黃愛施德	1892. 4.19	1971. 8.24	1990	애국장	국내항일

● 이 표는 국가보훈처, 공훈전자사료관의 독립유공자 자료를 바탕으로 글쓴이가 정리한 것임

이윤옥 시인의 야심작 친일문학인 풍자 시집

사쿠라 불나방

“영욕에 초연하여 그윽이 뜰 앞을 보니 / 꽃은 피었다 지고 머무름에 얽매이지 않는다. 맑은 창공 밝은 달 아래 마음껏 날아다닐 수 있어도 / 불나비는 유독 촛불만 쫓고 맑은 물 푸른 숲에 먹을 것 가득하건만 / 수리는 유난히도 썩은 쥐를 즐긴다. 아! 세상에 불나비와 수리 아닌 자 얼마나 될 것인고?

이 시집에는 모두 20명의 문학인이 나온다. 이들을 고른 기준은 2002년 8월 14일 민족문학작가회의, 민족문제연구소, 계간 〈실천문학〉, 나라와 문화를 생각하는 국회의원 모임, 민족정기를 세우는 국회의원 모임이 공동 발표한 문학 분야 친일인물 42명 가운데 지은이가 1차로 뽑은 20명을 대상으로 했다. 글 차례는 다음과 같다.

차 례 (가나다순)

1. 태평양 언덕을 피로 물들여라 – 김기진
2. 광복 두 시간 전까지 친일 하던 – 김동인
3. 성전에 나가 어서 죽으라고 외쳐댄 – 김동환
4. 왜 친일했냐 건 그냥 웃는 – 김상용
5. 꽃 돼지(花豚)의 노래 – 김문집
6. 뚜들겨라 부숴라 양키를! – 김안서
7. 황국신민의 애국자가 되고 싶은 – 김용제
8. 님의 부르심을 받드는 여인 – 노천명
9. 국군은 죽어 침묵하고 그녀는 살아 말한다 – 모윤숙
10. 오장마쓰이를 위한 사모곡 – 서정주
11. 친일파 영웅극 ‘대추나무’는 나의 분신 – 유치진
12. 빈소마저 홀대받은 – 유진오
13. 이완용의 오른팔 혈의누 – 이인직
14. 조선놈 이마빡에 피를 내라 – 이광수
15. 내가 가장 살고 싶은 나라 조국 일본 – 정비석
16. 불놀이로 그친 애국 – 주요한
17. 내재된 신념의 탁류인생 – 채만식
18. 하루속히 조선문화의 일본화가 이뤄져야 – 최남선
19. 천황을 하늘처럼 받들어 모시던 – 최재서
20. 조국 일본을 세계에 빛나게 하자 – 최정희

전국 100 여 곳 언론에서 극찬한

이윤옥 시인의《서간도에 들꽃 피다》제1권

외로운 만주 벌판 찬이슬 거센 바람 속에서도
결코 쓰러지지 않는 들꽃 같은 생명력으로
조국 광복의 밑거름이 된 여성독립운동가들의 이야기

차 례 (가나다순)

전국 100 여 곳 언론에서 극찬한

이윤옥 시인의 《서간도에 들꽃 피다》 제2권

차 례 (가나다순)

1. 신사참배를 끝내 거부한 마산의 자존심 – 김두석
2. 잠자는 조선여자 깨워 횃불 들게 한 – 김마리아
3. 희망의 조선 혼을 심어준 애국교육자 – 김순애
4. 종로경찰서에 폭탄 던진 김상옥 어머니 –김점순
5. 남에는 유관순, 북에는 – 동풍신
6. 역사학자 신채호의 동지이자 아내 – 박자혜
7. 대한민국임시의정원 홍일점 여장부 – 방순희
8. 안성 기생의 으뜸 나라사랑 – 변매화
9. 빗창으로 다구찌 도지사 혼쭐낸 제주 해녀 – 부춘화
10. 열여섯 여자 광복군 용인의 딸 – 오희영
11. 어린 핏덩이 내동댕이친 왜놈에 굴하지 않던 – 이애라
12. 가슴에 품은 뜻 하늘에 사무친 – 이은숙
13. 만주 호랑이 일송 김동삼 며느리 – 이해동
14. 김구의 한인애국단 핵심 윤봉길 · 이봉창과 – 이화림
15. 조선 여성을 무지 속에서 해방한 – 차미리사
16. 심훈의 상록수 주인공 안산 샘골 처녀선생 – 최용신
17. 여성을 넘고 아낙의 너울을 벗은 한국 최초 여기자 – 최은희
18. 이화동산에서 독립정신을 키운 호랑이 사감 – 하란사
19. 아직도 서간도 바람으로 흩날리는 들꽃 – 허은
20. 불멸의 독립운동 여류 거물 – 황애시덕

전국 100 여 곳 언론에서 극찬한

이윤옥 시인의《서간도에 들꽃 피다》제3권

차 례 (가나다순)

전국 100 여 곳 언론에서 극찬한

이윤옥 시인의 《서간도에 들꽃 피다》 제4권

차 례 (가나다순)

전국 100 여 곳 언론에서 극찬한

이윤옥 시인의 《서간도에 들꽃 피다》 제5권

차 례 (가나다순)

전국 100 여 곳 언론에서 극찬한

이윤옥 시인의 《서간도에 들꽃 피다》 제6권

차 례 (가나다순)

전국 100 여 곳 언론에서 극찬한

이윤옥 시인의 《서간도에 들꽃 피다》 제7권

차 례 (가나다순)

영어 · 일본어 · 한시로 번역한 항일여성독립운동가 30인의 시와 그림 책

《나는 여성독립운동가다》 인기리에 판매 중!

여러분의 후원 진심으로 고맙습니다

이 책을 펴내는데 인쇄비를 보태주신 여러 선생님께 진심으로 고개 숙여 감사 말씀 올립니다. 여러 선생님들의 도움으로 『**서간도에 들꽃 피다**』 **〈8〉권**이 세상에 나왔습니다.

다음은 2017년 7월 1일부터 2018년 2월 23일까지 〈신한은행 110-323-678517 도서출판 얼레빗(이윤옥)〉으로 입금해 주신 분들입니다.

(가나다순, 존칭과 직함 생략)

강연분 김상용 김병숙(호주) 김영조 김옥숙 김 원 리학효 박 건
박영경 박정자 박정혜 배재흠 엄기남 양인선 양춘섭 유용우(류리수)
윤석임 윤왕로 윤종순 이규봉 이순향 이 윤 이윤복 이항증 정란희
최우성 한효석 황명하(호주광복회장)

거듭 고개 숙여 여러 선생님들의 아낌없는 후원과 사랑에 감사드립니다. 앞으로도 계속해서 음지에 계신 여성독립운동가들을 밝은 해 아래로 불러내어 〈9권〉에 실을 수 있도록 따뜻한 사랑과 후원을 기다립니다.
한 권의 책값도 소중히 여기겠습니다.

후원계좌: 신한은행 110-323-678517 (이윤옥: 도서출판 얼레빗)

※ 교보문고, 예스24, 알라딘, 인터파크 서점에서 구입하거나
〈도서출판얼레빗, 전화 02-733-5027, 전송 02-733-5028〉에서
살 수 있습니다. (대량 구입 시 문의 바랍니다)

초판 1쇄 2018년 2월 23 펴냄

지은이 | 이윤옥
표지디자인 | 이무성
편집디자인 | 이준훈 〈엘제이디자인〉
박은 곳 | 최문상 〈인화씨앤피〉
펴낸 곳 | 도서출판 얼레빗
등록일자 | 단기 4343년(2010) 5월 28일
등록번호 | 제000067호
주소 | 서울시 영등포구 영신로 32 그린오피스텔 306호
전화 | (02) 733-5027
전송 | (02) 733-5028
누리편지 | pine9969@hanmail.net
ISBN | ISBN 979-11-85776-09-5
ISBN 978-89-964593-4-7 (세트)

값 12,000원